滚滚红尘

三毛 著

北京出版集团公司
北京十月文艺出版社

青马（天津）文化有限公司
出　品

没有严浩导演，没有这个剧本的诞生。

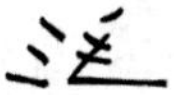

前　言

我之选择了以另一种文字形式来创作，主要动力仍出自对电影一生一世的挚爱。

一部精彩的电影所带给我的震撼，来自每一个部分所赋予的一连串冲击，而不止是故事本身。组合这多般元素的唯一人物，是导演。

这部剧本的进行过程，也缺不了导演逐句逐场的参与和过滤。

在剧中人——能才、韶华、月凤、谷音、容生嫂嫂以及余老板的性格中，我惊见自己的影子。

诚如一般而言：人的第一部作品，往往不经意地流露出自身灵魂的告白。

这是我的第一个中文剧本。

既然这份功课的完成，是为了成就另一层次的立体表现，那么电影艺术的基本探索：素材、方法设计、功用、形式外观以及价值，仍将在已经完成的电影中求取答案。

目录

时代背景

事实时代参考

◇民国 34 年（公元 1945 年）8 月 15 日，日本宣布投降。

◇民国 35 年（公元 1946 年）5 月 5 日，“国民政府还都南京”。

◇民国 35 年，国民党开始搜捕“伪政府汉奸”。

◇民国 35 年 6 月 25 日，“军事三人小组”成立协定：“国民党、中国共产党双方军队就同年 6 月 6 日以前情况与事实‘停止移动’。”

◇民国 35 年 8 月 17 日，中国共产党在延安发布第二次动员月会，全面加强攻击。

◇民国 35 年 11 月 25 日，中国共产党发动更强力攻击。

◇同年，国民党“国民大会”通过“中华民国宪法”。

◇民国 36 年（公元 1947 年）7 月 4 日，国民政府在国务院中通过“厉行全国总动员戡平共匪叛变方案”。

◇民国 37 年（公元 1948 年）6 月，知识分子加入中共组织甚众。以“美国扶植日本”为由，开始反美活动。学潮自然开始。

◇民国 37 年 11 月，“徐蚌会战”开始。国民党所属黄百韬、邱清泉将军阵亡。（此役使中国山河易色）

◇民国 38 年（公元 1949 年）4 月 23 日，共产党军队大举渡江——长江。（同时太原失守，梁敦厚等五百人阵亡。）

◇公元 1949 年 10 月 1 日，中华人民共和国成立。

剧中时代参考

◇民国33年末（公元1944年10月中旬）沈韶华由父亲被废弃的家中出来，住进租来的房间。已无父母。

◇民国33年，沈韶华认识章能才。

◇民国34年初（公元1945年）（二月，冬季），月凤由大后方回上海。再见沈韶华。月凤的男友小勇已去延安。

◇民国34年3月，韶华、能才、月凤一同去郊游。月凤发现章能才身份，而消失到江苏吴县去。

◇民国34年（4月～5月）月凤不再见韶华。韶华与能才意识到“时日无多”开始醉生梦死。“过了今日没有明日”的生活。（与能才跳舞那场）

◇民国34年春，章能才在上海消失。

◇同年8月，抗战胜利。

◇民国35年（公元1946年）尾期——谷音得到了“美军口粮”余货。送来给韶华（余老板此时在卖香肥皂）。

◇民国36年（公元1947年）夏季，韶华又与月凤再见。韶华去跟随能才。

◇民国36年（公元1947年）秋初，月凤将一无所有的韶华由地下室中接出来。

◇民国36年秋～民国37年（公元1948年）秋，月凤、韶华相依为命。住在一起。

◇民国 37 年（公元 1948 年）秋末——月凤死。小勇死。民国 37 年冬日——余老板成为韶华男友。

◇民国 38 年（公元 1949 年）初，冬季——三月末。韶华再见能才。

◇民国 38 年，能才与韶华永别。

◇四十年后，能才再返中国大地，韶华已逝于“文化大革命”，所留下的只一本著作《白玉兰》。

人物介绍

沈韶华

◇ 出场时，约二十二至二十三岁。一个出生在中国上海市的女子。

◇ 在韶华九岁时母亲已逝。

◇ 韶华是独生女。

◇ 韶华的思想与所受的教育，来自母亲影响甚大。并不因为与父亲同住而倾向又有了一个妾的父系家庭。再说，因为“初恋事件”又被父亲囚了起来。

◇ 韶华的父亲是当年“美孚煤油公司”江南五省代理。家境上等。后来，也没落了。

◇ 但是，在物质上，自从韶华失去了母亲之后，并没有得到父亲的特别关爱。

◇ 韶华的外在世界，尤其在大学时代，一直被人视为是“一个在糖果中长大”的小姐。事实上她对金钱的不关心，并不是她如此不缺，而是将生命的注意力，放在“情感与自我”的纠缠追寻中。

◇ 韶华一生的追寻，不过两件事情：一、情感的归依，二、自我生命的展现。

◇ 这和韶华少年失母，父亲与她合不来，有着不可分割的“性格欠缺因素”。韶华由少年自青年时代，渴望外来的情感，潜意识里，实在出于对爱的“从来没有得到过”，而产生更大的“爱情执著”。韶华将爱情与生活混为一体。

◇ 韶华是一个生来极度敏感的人。她对于在生命中发生的一切现象，都比一般人承受得更多。基本上，这种人的悟性也极高。

◇ 韶华是一个即使在爱情中沉醉时，仍然感到没有安定感的人。她的苦痛是一种性格上的特质。但是，这完全不表示，韶华对于人生没有担当和勇气。她是又痛苦又清楚的那种人。

◇ 韶华是一个靠文字发泄人生无奈的文字工作者。

◇ 韶华未婚。

◇ 韶华是“燃烧灵魂”的代表。

章能才

◇ 出场时，约三十九至四十二岁。

◇ 无妻。

◇ 章能才是个苦学之后，在大学时代方才接触到城市的知识分子。父母背景模糊，因此本身给人的感觉相当独立，有自信，有承担，有分寸。识大体，懂人心理，体谅他人（尤其是女性）。

◇ 能才不是女性的追逐者。他的情感，如果没有极高品位的女性出现，是不轻易交出去的。这又不表示，能才不尊重其他平庸的女性。

◇ 在能才的性格中，交杂着“自信心”与“无力感”这两种可以同步同行的情绪。他从不自卑，对于本身的行为，坦坦荡荡。替日本人做事，在他的心理境界上，“不是一桩罪恶的事”。

◇ 能才给人深沉的气魄感觉。内心世界平稳也有温柔。能才的“生命感伤”来自他是一个男性。而因为意识到强烈的“男性交代”又使他感到即使身为男性，对于生命本质的完成，是同样的无可奈何。“无力感”由此产生。在事业上，能才亦是无力的。他不看重，也没有什么人看重过他。

◇ 能才懂得人生，懂得生活的重要。

◇ 能才不做梦，他踏实。

◇ 能才对于他生命中出现过的女性，事实上只爱过那位作家——沈韶华。

◇ 能才在有“爱”又有“虚的事业”时仍是个不够快乐的男子。

◇ 能才在出场时的身份是：国民党上海维持会（汪精卫伪政府）文化方面的官员。

注：

◇ 章能才在出场时，已具备了本身成长的沧桑，因此在以后任何情况出现时，能才担不担当，都源自于对于“生活”彻底的认识和了悟，不是情绪上的失控。亦因为他对待自己——是真诚的。那么真诚以至于成了懦弱。

◇ 他是道德的，在另一个角度上来看。

◇ 他懂得爱。

◇ 他敏感得深稳。

◇ 他痛苦得看不太出来。

◇ 他的“生理电波”事实上与韶华相近。在看了一篇沈韶华的文章后，已经了然。那时，能才的“失控”，实在因为他潜意识里想在韶华身上追寻一个才有所用、情有所托的心灵境界。能才不求在“生活秩序”上与韶华同步。

月　凤

◇ 出场时二十二至二十三岁。

◇ 未婚。

◇ 无父母，自小与疼爱她的舅舅一同在江苏省吴县长大。就学在上海寄宿，认识了她的女同学——沈韶华。

◇ 虽然月凤的成长衣食无缺，但没有父母的存在，仍然使她感到在情感上的缺乏。也因为自小寄人篱下，使她养成了相当独立又懂得自作主张的个性。

◇ 月凤的性格，与韶华在本质上是相同的，但表现在外在世界的风貌，却是一个整天说说笑笑，凡事不当成真的一般的一枚“烟雾弹”。在外形上，也是鲜明的“另一种女人”。

◇ 月凤对于生命的要求，因为太聪明，所以没有任何“实质工作”上的执著。她凡事不肯用心，是一种大大方方在混日子的人。只——因为——她，不要生命的展现。她实在不在乎。她的“不在乎”——“不要”，又不很认真，有时一不认真，“又去要了”。

◇ 月凤对于生命的执著，只有两件：

①活下去。好活，歹活，都是活。鲜明地活下去。

②请求来上那么一个人，好使她那颗心，摆了下去。因此月凤将她的情，安安稳稳找了一个男朋友——不必太多性

格的，痴痴忠忠地就如此交了出去。在生命的沟通上，她对男友没有要求。

◇但是，月凤有了男朋友，仍然意识到——她的女同学，好朋友——韶华，才是真正了解她的人。在两个女性，绝对不是同性恋倾向的认知里，月凤将韶华当成了精神上永恒的朋友。

◇这对月凤，又并不满足的。她——自称是一种“爱情动物”。她女性的风貌仍需要在一个男性身上，得到肯定和完成。

◇月凤看起来没有韶华多愁善感，也没有明显的内涵。她讲话一向使用“单刀直入法”，不兜圈子。身体语言大幅，嗓子清清脆脆又大声。

◇明快节奏的背后，有她自作主张的坚强。

◇月凤讲义气，敢承担。

◇月凤——无业。卖东西，向舅父拿些零用金（舅父代管月凤父母遗产）混混，过日子。

谷　音

◇出场时约三十二三岁。

◇已婚，有一个四五岁的小男孩。

◇谷音是杂志社、出版社的副主持人。

◇谷音的人生观点，在于“面对现实”。谷音的现实，也就是社会大众所肯定的“现实”。其中并不矛盾。

◇谷音的能干，在于她在当时（1940 年左右）的中国已是一个职业妇女，这和她受过教育有着不可分割的关系。在一个女性踏入家庭之外，工作尚不普遍的社会里，谷音意识到她的自信来自她的工作身份以及家庭所属。

◇谷音因此很喜欢以“社会现实与价值”这一个主观角度，常常出口就是“我劝你——”“我不是早就告诉你了吗？”这种又友善又喜欢的态度“代办他人的生命”。

◇谷音对于本身的女性意识，已因为工作的原因，而相对地减低了“女性脆弱”的一面。她是不再渴望爱情的人。

◇谷音十分安然于已经造就成了的“身份与生活”。并不做梦，也不在钱财、虚名上追逐。她的工作，也不代表她的“事业追求”。她只是如此按部就班地去面对她的人生。其中没有再多“心的探索和纠缠”。

◇谷音对于她的丈夫老古，是“团结合作派”。但又不是“听话派”。她对老古，亦当成一份负责任的工作。就事论事，一切该担当的——出版、发稿、出纳，加上柴米油盐，一把抓。

◇ 但是，谷音仍然是女性。对于她的丈夫，她相当尊重。虽然她的尊重——在小事情上，看不出来。

◇ 谷音仍然是女性。她是她丈夫工作上的“好当家”之外，她也是妻子、母亲。她很清楚本身的责任。

◇ 谷音对于韶华，起初因为文章投稿而交往。日后，谷音喜欢上了在韶华身上所蕴含的复杂情绪，进而产生了对于韶华——孤苦女子的母性与友谊。

◇ 谷音本身绝对不会如同韶华般对“生之追寻”如此投入，但谷音了解韶华此种痛苦人内心的灵魂，她常会劝韶华如何又如何，这片苦心其实救不了韶华，她也明白。她仍不死心地在关爱韶华。

◇ 谷音最看重的人，到头来仍是她自己——她自己，就是——老古、她、小孩子。

老　古

◇出场时，大约四十八岁。或说，看上去比实际年龄老了很多的中年人（他与能才同学）。

◇老古是出版社的负责人，他另有一份月刊同时发行，工作伙伴是他的太太谷音。

◇老古教书的时代，教国文，认识了他的女学生，一个理想青年——谷音，而结了婚。谷音主动的，老古胆子没有那么大。

◇老古胆子小，所以在任何“政治情况”下，都是立即跟着呼应那“掌握枢纽”权势的应声虫。他没有理想，也没有太大的作为，因此，在生命中，他扮演着“让太太去担当一切，反正她能干”的角色。

◇老古在沦陷区中（上海沦为日本人手时）什么也不做，只看“鸳鸯蝴蝶派”小说度日子。看书不求悟性，纯杀时间而已。

◇老古还是看出了“深度近视眼”。

◇老古爱抽烟，不洗手、刷牙。老古不修边幅。

◇老古的出版社，没有事业的热情。

◇老古的“政治警觉”实在很高，因为他怕呀！

◇有时候，老古“明哲保身”。

◇有时候，老古不是“政治理想派”，却又先知先觉地感受到“时代的转向”（他怕呀！），而不知不觉投向“巨大索引”他的政治方向。老古不是“单一时代永恒论”,他是“迎合时代论”的标准人物。

◇ 这一切思想、理想（老古以为自己仍有）的转为行动，在中国共产党即将执政时，老古表现最为明显。

◇ 老古对于韶华其实没有情感。

◇ 老古正如一般人——贪生——怕死。

小　健

◇ 二十三四岁（第一场出现时），三十一至三十三岁（再出现时）。

◇ 年轻大学生（第一场戏时）。社会青年（战后）。

◇ 被韶华在二十一岁时，碰上。因为韶华当时年轻，以她接近盲目的追逐爱情，而使小健受到了鼓励。

◇ 两人的相爱，是一种年轻人必然的激情，个中没有太深的考验与分析。

◇ 但在小健的情感世界里，这份韶华与他的初恋仍是终生难忘的。

◇ 小健当初拼了命想要韶华，实在是深爱着年轻又敏感、任性、才华潢溢的韶华。

◇ 但是小健的家庭清寒，在与韶华的交往中，意识到了两人出身背景的大不相同，这倒挫不了小健，因为韶华不看重家庭。

◇ 小健与韶华热炽的交往，使得韶华被家中锁了起来，丧失自由。

◇ 小健再见韶华时，已经与另一女子结婚，太太怀孕了。

◇ 小健是一个没有太多成长空间与自我想象空间的年轻人。他的特性在于——即使在爱情中得到光、热、燃烧、希望——那份情感的坚持，仍然在于对方（女性）的再三肯定、承鼓励中才有力量撑下去。

◇ 小健被拒三次，不再去救韶华了。（被拒的原因，可不是韶华本人）

◇ 小健是个不够积极的男人，在救国和救女人两件事情上都不积极。小健的一生，是性格上自找的，他却说——这是我的命嘛！——

容生嫂嫂

◇ 出场时半老徐娘，风韵亦是半掩半展——但看什么人在眼前。

◇ 容生嫂嫂是江南水乡中住着的女子。

◇ 丈夫早过了，无儿无女，无公婆。

◇ 守着一间小镇街上的老房子过活。

◇ 环境不好，又不能下田，有那么一点点可以活口下去的活命钱——男人留下给她的。

◇ 不是死灰槁木的寡妇。

◇ 现实世界中，是个精明不外露，又有韧性的女子。不然做不得旧社会中寡妇名词下的担当。

◇ 没有识过太多字，可完全了然人生的高低，不然又当不起这个身份。

◇ 又不那么强，家中没有男性——即使来的，是个落难而来暂住的男性房客，她仍然——突——然——抓——住——了——幸福和生命的意义。

余老板

◇ 自小离家。由“舟山群岛”乡下到大上海去追求“梦”的乡土性人。

◇ 出场时，近四十六岁，仍然乡土味重。

◇ 不通诗书，但生活的历练使他语言流畅之外，也学会了如何在人生里不再好高骛远。当然，苦出来的人，在“性命的救赎”认知下，只有——金钱！是一切自由的代名词。

◇ 余老板在乡下订过亲，却因为母亲死了，没有人再向他提起。他对女人也不看见。

◇ 战争时（日本侵华战争）余老板冒死“跑单帮”，带的东西，不过一些逼切需要的民生用品。相当卑微的营生。

◇ 日本投降之后，余老板胆子大了，去做“军队补给生意”。没有“政治意识”，绝对没有。所以谁向他要货，余老板都去跑腿——只要“钱”这心肝宝贝来了就好。

◇ 余老板向人伺了一辈子，身体语言就老是那么“哈”着背。仰望着每一个人。

◇ 战争，军队的打来打去——发了余老板。

◇ 余老板本性是极善良的，而且思想怪老派。（以上是先天性）

◇ 余老板投机取巧，又有深沉。努力，精明。（以上是后天造成）

◇ 余老板的“致命伤”在于他无意间仰望到了那高高在上的

作家——又美丽的女人——沈韶华。他开始做梦。

◇ 余老板的“致命伤”在于他有了一点钱。

◇ 余老板的“致命伤”在于他有了钱,还是不明白什么叫做“自信”——尤其在韶华的面前，他觉得了自己的卑微。但因为有了一点钱，余老板又鼓足了勇气去接近关心——没有了钱的——沈小姐。

◇ 在性命与爱慕——狂热的爱慕，接近宗教性地爱上了沈小姐同时,余老板聪明地要了“性命”又同时要了“沈——小——姐”。

◇ 在不给余老板思索机会的“直觉要求”中——余老板放弃了逃命与金钱，选择了“我要在沈小姐身边”。

◇ 结论——余老板仍是做梦的人。

月凤男友小勇

◇ 出场时二十四五岁，但更稚气，神色明白的一副“理想青年”。

◇ 眉目中偶有英气，被月凤一打头，就消失了。

◇ 合群的。轻易信任一个女人、一个理想，或一位领导人。

◇ 没有复杂心态，所专一的不是为了个人的生命追求。他盲从。

◇ 而是相信，人生以救国（领导说的）、以革命为最伟大的情操。（领导一再说的呀！）

◇ 但月凤的情结，亦是小勇内心不可缺的一面。

◇ 小勇仍要革命，不革命，有了爱情也是虚空。

◇ 所以——小勇——要了救国——再把月凤——以爱情（真诚的）——拖下水——（不自觉的）

王司机

◇ 四十岁左右。

◇ 一个有着爱国理想，又因为有着“家累”，而不能不在沦陷区，为日本人的走狗、“文化汉奸”做司机的中国人。

◇ 司机文化不高，境界深具一般性“是非观念”所掌握的一个血性男儿。

◇ 个人关系与上司章能才良好。

◇ 民族关心，与上司章能才全然不同。

韶华楼下住着一对小夫妻，其中的妻子

◇ 出场时二十一岁。

◇ 乡下来的城里人。

◇ 聪明在“女人的吵架上”。以吵架、打架这两种“架式”来表达自己对于丈夫的深情爱意。

小夫妻中的丈夫

◇ 二十四五岁。

◇ 其实做个手艺，日子也可以过。

◇ 他的日子不好过的原因，部分在于日本人。他参加地下工作。

◇ 他的日子不好过，也在于他的女人以“吵架为婚姻的目的”。

◇ 他的苦，在于连不回嘴，女人都要以为他是不爱她了。所以他只有拼命回吵，证明自己对妻子的——看——重。

小男童一

◇ 谷音、老古的爱情结晶。四五岁的人了，老是在吃奶瓶。奶瓶中被谷音放了白水。

◇ 他的表情是“吸吮”而不是身体上的饥饿。谷音忙,粗养他。(瘦瘦小童)

小男童二

◇ 楼下小夫妻的孩子。

◇ 夫妻一开始吵架，就会被做妻子的往地板上一搁。小童于是意识到，“爸爸妈妈又要开始一天的生活了”。于是他放心地——哭。

◇ 他的父母不吵架时，他会害怕得哭都不敢哭。(胖胖小童)

玉　兰

◇ 出场时十九岁左右，瘦瘦的，营养不好。乡村里被卖到城里来做丫头的女人。

◇ 对于她的际遇，她没有任何抱怨或反抗。她是一种凡事都认命的人。

◇ 或说，一种对于本身所承受的一切，都以“逆来顺受”这种“韧性中国人生观”，来对待生活的人。（韶华小说笔下的人物）

春　望

◇出场时二十六七岁。

◇识字不多，但是有理想、有胆识、有承担。

◇对于他的妻子玉兰，有着一份乡下人固执的承担。

◇但是他出身农家，却去了上海做工人，并不是完全不懂得国家、民族这种大使命的人。

◇他对他的国家、妻子、母亲，全是中国戏文中标准的“忠孝节义”。春望娶了玉兰为妻，交给乡下的母亲，请她们相依为命之后，自己跑去打游击去了。等到抗日战争结束之后，春望很安然地明白，他对国家的“忠心之梦”已经达到了，就回到玉兰的身边来。国共内战时候，春望又去参战了。

◇两者之间——救国——家庭——没有矛盾。（是韶华小说里的人物）

注：此剧为“戏套戏”。其中玉兰、春望部分请读者幻想为“舞台剧形式”，对白可用江苏浦东地区语言。能才与韶华讲一般普通话（国语）。

楼高日尽

凤箫吟

(宋) 韩缜

锁离愁、连绵无际，来时陌上初熏。
绣帏人念远，暗垂珠露，泣送征轮。
长行长在眼，更重重、远水孤云。
但望极楼高，尽日目断王孙。

销魂。
池塘别后，曾行处、绿妒轻裙。
恁时携素手，乱花飞絮里，缓步香茵。
朱颜空自改，向年年、芳意长新。
遍绿野，嬉游醉眼，莫负青春。

第一场

（字幕同时缓缓拉出）（此场全在字幕中出现，算做不刻意的交代）

时：（日）下午，灰暗的阴天。

景：韶华父亲和二妈所住的家中，内外。

人：小健（韶华初恋男友）、韶华、韶华父亲家中大门口的“门房”、韶华父亲、众仆人。

镜头照着一座大宅第的高景。除了大房子之外，尚能清楚看见，有着巨大铁门、高墙，铁门旁边又有一个小门出入的“进出口”。一般时候，只有汽车开进来时，正式大门方才打开。如果来访的客人是没有车子来的，就在小边门先投上“名片”交给门房，送了进去。被接受的访客，就由边门被门房引导进入大房子中去。

这幢西洋式的两层楼房，是有车道的。车子由大门右方开进来，正房处下车，再可由左边开出去。镜头由高景，拉到房子，拉到二楼的一个窗口以及可以连接房子楼下院落的进口大门处。（字幕继续拉出）窗户是玻璃的，可是由里面被“木板条”封死了，有缝隙的地方，一双急迫张望外界的大眼睛，拼命在那有限的小木板条缝里，往外搜索着动静。窗外，一个青年人的身影（以窗口二楼那双女人的主观眼中望去），那青年人脱下了帽子，（不是有边的华贵男帽，而是一顶当时大学生常用的软边帽），向门房卑微地在打听一个人，请求见面的样子。显然的，门房受到过警告——这个人出现的时候——“拒绝他”。

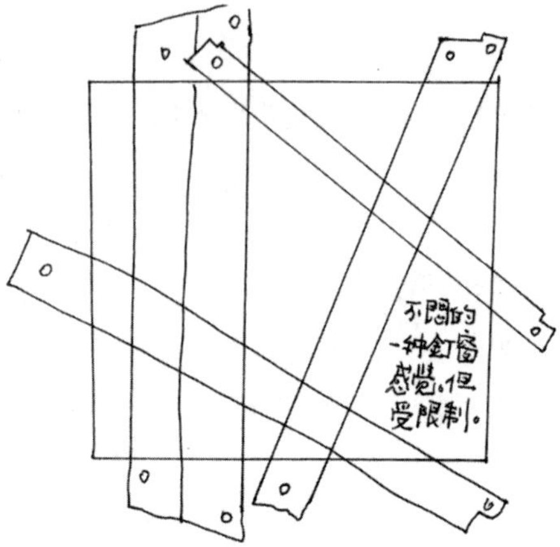

室内的那双渴望的眼神，突然浮出了失落的悲伤。女人——韶华，刚刚因为强求与男友结婚，而被父亲关了起来的事实，在自由与爱情的失落上（但她尚并不灰心，彻底地）。（此时留声机放出巨大的“1812”的音乐，好大声地放，震破屋顶的放法）

（字幕）

同样的青年，被拒绝之后又爬墙进去了，门房正在扫地，突然看见了——被关起来小姐的男友居然再闯进来——以这种方式。丢下扫把，冲向入侵者，两人拉扯起来，一个向内冲，一个把他向外拖。青年人拾起地上的碎石，朝韶华被关的二楼窗口丢去，哗！玻璃破了。狂叫起来（还在跟门房缠打的同时）。

△**小健**：（划破黄昏大气地狂喊）韶——华——韶华。

△**韶华**：（拍打被封在玻璃窗内的木条，试着扳开那钉得死死的

枷锁）小健——

此时房内又出来了仆人，男的，两人架住又叫又挣扎的小健，由小门硬推了出去。小健跌在街上，爬起来，上去踢门，不停地踢。

屋内的韶华，在墨水瓶中把食指、中指全浸了下去，不够，又拉下了床单，浸在墨水中，在墙上气愤、伤心、发泄地乱涂，慢慢地写下：1943年2月11日，再见。

（再由二楼窗口高度用镜头？）（字幕继续拉下去）

韶华家中的大铁门打开了，汽车开进去，那一霎间，守在街角躲着的小健，乘机再冲进去，要往房内冲，门房指着小健叫。车上人也同时下来了。因为门房高叫，引出来了一批仆人，再上来打。车中下来了韶华父亲模糊的身影（此时由二楼板缝中韶华主观镜头在观看）。

韶华父亲沉声怒喝，向小健。

△**韶华父亲**：滚——再来把你毙了——

小健冷不防啪一下打了韶华父亲一拳。

△**小健**：你——残忍——把女儿放出来！（叫）（凶）

仆人看见老爷居然吃了青年的推打，群涌上来将小健又拖又拉又打地在地上拖向门口。铁门立即关上了。

△**小健**：（哭腔、愤怒，做手势向房子打）（再叫）别看不起人——我发财了——再来抢你女儿——等——着——

二楼窗内的韶华，没有再去扳木板，也不再叫喊，木板缝中的她，双手举到眼睛下面，拳握。突然跑向房间的门，撞翻了地上放着的一个食盆，她摇门柄——同时——（字幕继续拉）

△**韶华**：（讲话般的慢，不是叫喊的）放——我——出——去——放——我——放——我——

门外没有反应，一片突然的死寂，韶华又拍了几下。不叫——静听——听了又听。韶华倒翻了整瓶墨水在桌上，把手打上墨水，拍向墙——再用手指乱沾墨水。时间过去了不知多久。墙上写满了——1943年？月？日 1943年？月？日

1943年？月？日，再见。

又写，重叠了字——再见。再见。再见。再见。

1943年？月？日，再见。？年？月？日（字幕、字幕）

韶华坐下了床沿，翻八仙桌下的小抽屉，倒出乱七八糟的杂物来，找出刀片（锈的），拉起衣服，对着大腿上——刷——划了一刀——再看了一秒钟大腿——慢慢拉上袖子——刷一下，划了上手臂（左手）——三下，深的，横的，不够，再在三道间划了一道直的——韶华手腕在镜头下出现——（刀片下去时并不拍摄）（配乐，是一种反效果的宁静、安详）

韶华将"手腕"抵在墙上，慢慢绕室走——拖出一道长长的血痕——印在墙上——三分之一的墙上。（字幕又现）

注：

韶华房中的床，是一张宽床，不是有顶的中国床，是四周"没有依靠的床"。有一张八仙桌，没有台布（不是书桌），就放在床边，桌在窗口左半边的位置。地面是长条老式木板地面。床对面有一个衣柜，柜上的穿衣镜早已裂了。有洗脸盆，放在一个墙角的小木茶几上。床上被褥，在小健来的第一次、第二次，都是相同的花色，中国洋红色。

韶华没有穿鞋子（请镜头轻轻带过。以后戏中韶华鞋跟越来越高）。另一面墙边，有着小书架，放着几十本书籍，不多。（字幕）

韶华穿得邋遢，披着灰蓝色的对襟毛衣。洋学生式的“中国洋装”。

窗子

洗脸盆，有小茶几放置在上面

桌

床　被

衣柜

书架

食盆　放地上

门

封住的窗户

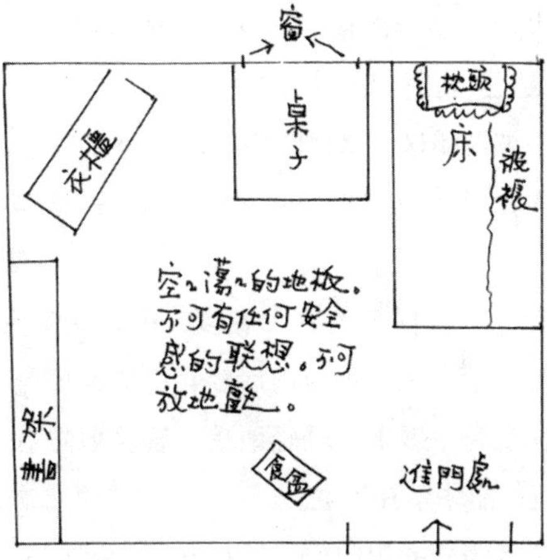

第二场

时：日（夏季）。

景：韶华父亲家中室内。

人：韶华、送食物的老妈子。

韶华的窗口有风吹进来，玻璃早被小健打破了，在第二次来救她的时候，木板封条还在。风吹起了韶华摊在桌上的稿纸，一起一伏的，有些写满了字，有一沓尚是白的。

韶华坐在床沿，对着桌子上的稿纸，正在滤稿。同时，有人进来，在桌上放下了一碗食物，收去了洗脸盆，又有门被锁上的声音——叮啦——再将房间锁住。

韶华对于被关闭这回事情的挣扎，已经成为过去，"不看那房间内墙的四周，已在她长久禁锢的岁月里，被涂满了代表一切心情的字迹"。

韶华穿着一件灰白色的夏天衣裳，仍是女学生味道的短发，正在床沿，对着纸，无意识地前后轻轻摇晃，摇晃，摇晃——右手的钢笔戳在左肩手臂上，轻轻地戳，轻轻地戳——衣袖上化开了一片墨水渍，韶华不知不觉。

那扇被常年锁着的房门，又被打开了，没有人将它立即再锁起来。老女佣人对那不知不觉专心写稿的韶华。

△**阿乐**：小姐，快下楼吧，可以下去了，老爷快要死了。（轻轻

又急迫地说）

△**韶华**：下楼（不屑的样子）？谁说我要下去的？

△**阿乐**：老爷要死了，你去看看他。（以下韶华、阿乐同话）

△**韶华、阿乐**：（交杂对话）阿乐，你死了没有——小姐，不要吓我——来来——你看——（韶华跑去放起留声机来，快速地）——你看——（完全与情况相反的浪漫音乐来了）——老爷在这里面——（指指桌上的稿纸）——小姐，不要吓死我——真的（音乐）——他把玉兰给买了回家——（阿乐被韶华的举止镇住了）——老爷看见玉兰小姑娘很好玩——就对她说——你听，阿乐——（完全浪漫的音乐）——老爷说——我坏了你（手在阿乐身上肩上乱摸），我坏了你——我坏了你坏了你坏了你（开始摸阿乐的胸部，剥她衣服）。（音乐仍在流）小姐，不要吓我——阿乐哀叫起来。（韶华身影向阿乐逼过去——）

第三场

时：日。

景：玉兰老爷家后门口，以及玉兰老爷家中。

人：玉兰、将玉兰带去卖给大户人家的人口贩子、老爷和五七个祭祖的家人。

玉兰穿着短花布袄，宽裤脚黑裤，梳辫子，手中提着一个"小包包"，走站在一家人的弄堂房子的后门。人口贩子先进去了三秒钟，玉兰看见墙上贴着一张已被岁月洗刷过的标语"建立大东亚共荣圈"在风里掀起了下角——飘飘伏伏。人口贩子将玉兰招手叫了进去。有众人，在前面上海弄堂特有的小天井中，穿着清朝时代的官服，祭祖。（故意时空错乱，清代出来）

玉兰一时没有人理会她，将她放在楼梯后，幽暗的下人房中去。老爷无意间走过，看见了新来的丫头玉兰。老爷胖宽的身影，向玉兰——一个惊惶不解的女孩子，慢慢罩下去。（镜头下，一只彩色泥老虎啪一下，落在地上碎了）

画面同时O.S（旁白）（韶华的声音）：这张标语玉兰看不懂，一个字也不懂。上海已经成了孤岛，这对她来说，又有什么不同呢？一个连身体都被卖掉了的人，她的前途已经不是她的关心了。

玉兰被卖进去的人家，是清朝时代做官的老式家庭，即使时代不同了，逢年过节，还是穿上祖宗留下的官服，拜天祭祖。

玉兰刚刚进了这个人家，就让老爷给坏了。

望断天涯路

蝶恋花

（宋）晏殊

槛菊愁烟兰泣露，
罗幕轻寒，燕子双飞去。
明月不谙离恨苦，
斜光到晓穿朱户。

昨夜西风凋碧树，
独上高楼，望尽天涯路。
欲寄彩笺兼尺素，
山长水阔知何处！

第四场

时：日。

景：上海街上。

人：韶华、两个黄包车夫、街上路人。

韶华坐在一辆黄包车上，脚下放着搬家时必需的“被褥包包”，一口小小的衣箱，留声机。神色透露出一份孤单中假装的坚强。韶华靠在黄包车上，用脚优雅地踏着那些绑好的被褥包，手里抱着一只白色荷叶边的小枕头。韶华穿半高跟皮鞋。

韶华走出了那囚禁她的家庭。她的黄包车在后面拉，紧跟着另一辆在前面跑的黄包车。前一辆车上，放着扎好了的书籍、稿件、脸盆，以及三个放杂物的盒子与网篮。一架不衬她行李的豪华喇叭形留声机引人注目。

韶华没有太多面对未来的恐惧。但她终于是“孤孤单单一个人——在这茫茫苦海中”的意识，仍是令她孤单到接近茫然。（音乐不强调任何心情，茫茫然的、散散的）

演员提示：车上的韶华，注视着的不是街景，“她看进了一个空茫的远方”。

第五场

时：日，秋末了。

景：韶华新家外面，大街与弄堂。

人：司机，三五个小孩。

一位显然是司机的男子，在大街上，梧桐树下停好了汽车。往弄堂中走进来。

弄堂中的小孩，看见汽车来了，奔了跑去，快乐地叫喊。

△**小孩子们：**汽车——汽车——

韶华租来的房子全幢图。韶华只住楼上一间而已，不是整幢。

弄堂

汽车停在这儿，梧桐树下。

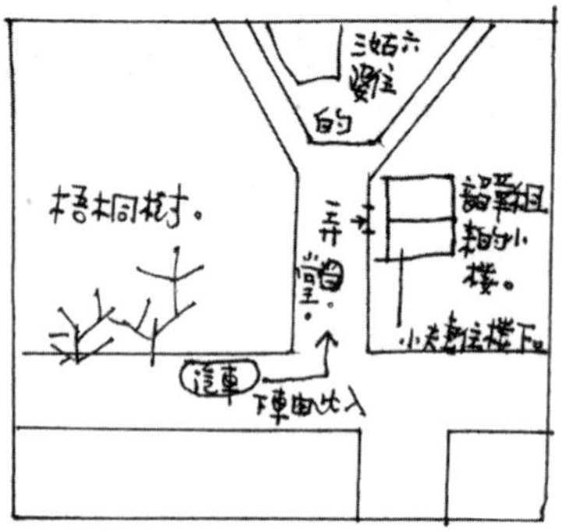

第六场

时：日，秋末了，梧桐树没有叶子。

景：韶华租来的楼房小间，大家合住着的。

人：韶华、老太太、小夫妻、司机。

那位司机在进入楼房小小几步的园子时，看见了楼下一对小夫妻，以及一个老太太。

这时司机已经开口了，手上拿着一个中型信封。

△**司机**：请问——这里住着一位沈韶华小姐吗?

△**小妻子**：小姐我们这楼下是没有的，你去看看那个楼上的，倒是小姐派头——

△**老太太**：（来插嘴）真好派头，一来就把那个留声机开得好大声啊——

送信的司机上了楼，楼下众邻居呆呆地目送。

门开了，韶华一脸的茫然。

△**韶华**：找我?!——

韶华接过信封，看见明明自己的名字写在上面，就接下了。

门没有被关上，韶华随手把信一搁，抱了个枕头出来，伸手一掏，掏出来一只金戒指，对司机说——

△**韶华**：谢谢你!

金戒指被韶华当成了赏钱交到司机手中，她将房门砰一下又关上了。韶华当时神情十分心不在焉，也不知应对。（韶华心爱物都在枕头中放着）

注：此场可能引起争议，事实上这种拿金戒指付小账的事情，在本剧原作者身上发生过。可见存在。不避争论。当时她身上只有两个戒指。

第七场

时：日。

景：老爷家的天井。

人：玉兰、老爷的太太。

O.S（旁白）（韶华声音）：玉兰被老爷强暴以后，有了他的孩子，老爷哪里会管她呢。

太太看出玉兰怀了身孕的时候，都已经快五个月了。

玉兰在天井里撑着腰酸，洗衣服。太太走上前去，趁玉兰不防，扳住玉兰的肩，正面朝她小腹踢上去。玉兰当然是逆来顺受的，她痛成缩了起来，往地上慢慢、慢慢蹲了下去——雨——开始一滴一滴落了下来，落在没有任何保护的女子——玉兰的身上。

来时陌上初熏

凤箫吟

（宋）韩缜

锁离愁、连绵无际，来时陌上初熏。
绣帏人念远，暗垂珠露，泣送征轮。
长行长在眼，更重重、远水孤云。
但望极楼高，尽日目断王孙。

销魂。
池塘别后，曾行处、绿妒轻裙。
恁时携素手，乱花飞絮里，缓步香茵。
朱颜空自改，向年年、芳意长新。
遍绿野，嬉游醉眼，莫负青春。

第八场

时：日（下雨的午后）。

景：韶华家门外弄堂以及进门处。

人：司机、小夫妻、小孩子（三岁）、章能才出场。

雨，下在汽车的顶上，车子开到弄堂口，停了。跟司机坐在一起的能才，下车。司机将位子下的手枪摸了出来。

△**司机**：（安静地）部长，这个，带着？

△**能才**：不必了。

伞下的能才，一步一步沉稳地走向韶华住着的小楼。那个步子，不疾不徐，踏出相当安稳的自信来。（能才面容不正拍，只拍身影）

住在韶华楼下的小妻子，手里拿了一把尺，向她的男人举起来，作状要打他。喊。

△**小妻子**：昨晚你又去了哪里？

能才将楼下门一推（一般共住户白日不关门）。小妻子好似看见了天人一般。立即反应到——此人是楼上沈小姐的客人，也不再问了。

△**小妻子**：（热心地往楼上喊去）沈小姐，这里一位先生来看你——

能才自收了伞，大方地往楼梯边一搁。踏上了第一格楼梯——沈韶华的房间开了。(此时能才未被拍到正面)

第九场

时：日，雨的下午。

景：韶华家楼梯以及楼下。

人：韶华、小妻子、能才。

门开了，在一个寂静落雨的星期六，韶华听见楼下叫唤时，正在房中用头抵着玻璃，望着窗外的雨水发愣。

门开了，她看见一个并不认识的中年男子，一脚踏在楼梯上，停了步子，仰望着楼上门框中出现的她——沈韶华。看见了这陌生人的一霎间，韶华内心被什么奇异的东西，轻轻冲击，他们的目光，正好碰到了。

△**能才**：沈小姐？

能才这三字说出来时，韶华好似进入了一种幻境（音乐请制造效果）。能才不过轻轻含笑地说了一个称呼而已。（音乐早已悄悄进来了）

△**韶华**：我是。

小妻子快速地顺手推开了楼下一间房门。向韶华轻喊。

△**小妻子**：来，借用房东太太的客厅——

又做了一个手势，请能才不上楼去。

△**能才**：沈小姐想来收到了我的信，是请人专程送来的。

（音乐——请在能才拜访韶华，两人在楼梯上“初见心惊”时，一定给予协助）

韶华突然联想到那封信，一摸太阳穴，又快速消失到房间里去。再出来时韶华手中方才一面拆信一面读一面下楼时，又摸了一下头发。擦了一支火柴，点火，再熄掉，用火柴的黑头——画了眉毛。

第十场

时：日。

景：韶华房东太太的客厅。

人：能才、韶华。

能才已经被韶华的楼下邻居请了进客厅，但他不敢坐下来。而韶华方才下楼，能才背着门双手放在大衣口袋中，韶华手中捏着信封，信纸，明显看出是刚刚才拆开的，站在客厅进门处，能才正在转身——

△**韶华**：章——先——生。(接近含笑，显然信的内容是她喜欢的)

△**能才**：你——的——读——者。(音乐偷偷进来了)

这句话说出来，两人都笑了。能才的笑容里，竟然有着一丝中年人"被释放出年纪时"的羞涩。

这时，初见的两个人几乎被彼此的目光所惊吓，能才不敢逼视韶华，韶华又何尝再敢直视能才。

韶华坐在一张沙发上，能才坐在另一张她手臂边的沙发上（两人不是对面坐），都是单人的老式沙发。能才没有脱大衣，他不自在。

△**韶华**：章先生来，有事吗？（能才不自在，韶华倒稳住了）

能才手中握着帽子，开始被他慢慢沿着帽边轻轻转了起来，他没有能再举目看韶华。他看帽子。

△**能才**：事情倒是没有——（停了一秒）看了沈小姐发表的一篇文章——（停了一秒）老是忘不掉——

能才发现韶华当着他的面，含笑又在“展读”他那封毛笔字写在白色棉纸上的信时，接近含羞地把脸斜了一下。

△**能才**：深夜里写的信，居然写给了一位不认识的作家，我自己都不明白。（能才必须表现拘谨和心事，以及他自身也不明白的心灵震动，当他初见韶华时）

韶华此时比能才稳得住了，把信往胸口上一抱，含笑看着能才。身体这才放松，靠到沙发上去。

△**韶华**：（展开信纸向能才）写出这一笔漂亮毛笔字的人，倒是可以认识认识。（笑。能才不知说什么，内心充满喜悦）

也许是为着自己流露出太多内心的情绪，能才引进了接近空洞的话题。掩饰。

△**能才**：我又跟自己说，这位作家的文章好大方的。如果没有那种出生背景，写不出来同样气质的东西——

说着说着，能才小心地掏出一枚金戒指来。用食指和拇指握住，向韶华亮了一下。（接着上面的话，在举动中并没有停下来）

△**能才**：用这种东西，打发小账，也未免太大手笔了吧。

韶华也没有去接，能才将戒指轻轻搁在两人身边的小茶几上。韶华这才不好意思地笑了起来。

△**韶华**：我这个人，对钱没有观念。

△**能才**：其实（能才又讲空洞的话），你老太爷我听说过的，美孚公司江南五省的代理——

韶华没给能才说完，抢了一句。讽刺式地也尊称自己父亲。

△**韶华**：我老——太——爷——死了。我二妈把我给丢了，我

跟我的家庭，一点关系都没有。

说着说着，把那只戒指在手上脱脱戴戴的，讲起她的家庭，韶华突然不自觉地咬指甲，又立即意识到这动作的不雅，又放下了，脸上神色有些决裂的坚强又掺杂着黯然。能才在这几秒钟里都看在眼里。出于真诚地想去拍拍韶华，却自持住了。

△**能才**：一个人的日子，怎么样？

韶华是个要强的人，不会在人前流露出软弱。没有事情似的又恢复了没事的样子。

△**韶华**：很好呀！写写稿。

能才看了韶华一眼，看见她那种放烟雾弹的样子，心里起了疼惜和感伤。

△**能才**：那么，过几天，我可以再来吗？

△**韶华**：可以呀！那么，我现在可以上楼了吗？

△**能才**：（疼爱地笑）看，这里有一个东西给你。（掏出一只泥塑小老虎来）

△**韶华**：（惊）这是我小时候妈妈给过的玩具，你怎么知道？

△**能才**：你文章里提过。

韶华，握住小老虎玩具，眼睛湿起来了。

第十一场

时：晚上。

景：韶华房间。

人：韶华。

当天晚上，因为能才的来访，使得韶华那年纪轻轻孤寂的心灵，起了不同的波澜。韶华意识到了一种新的生活，新的仰慕，新的肯定，以及一个新的自己在眼前展现的时候——

——韶华看见一个容光焕发的自己，在镜子里以一种有了光、有了热的眼神探索着镜外人未来的世界。（以上演员心境提示）

抚过了白色有着流苏的桌布。（空花织的）韶华顺手推开了夜色茫茫中的“窗”。

（音乐此时请在这一场流入，引出心情的转化）

第十二场

时：黄昏，晴朗黄昏，夏季。

景：玉兰老爷家中。

人：玉兰、春望。

（玉兰心情也转了，音乐请流入）（特别是春望说“对不起！”时）

玉兰在推“窗”，手里拿着一块抹布。窗外对楼屋顶平台上，一个傻乎乎的英俊小伙子正在专心擦澡。一盆洗澡水放在一张凳子上。那小子只穿了一条长的内裤（格子布的），拿了一条破毛巾像漫画人物一般左手扒一边，右手扒一边毛巾，在擦背——突然，看见对面窗口一个扎辫子、乡土气息的女孩子在呆看他的动作，吓了一大跳。

小伙子连忙把不太大的洗脸尺寸毛巾一放，平遮在胸口，想想不对，赶快转过身去，又想想——背上也没有衣服，急死了——又转回来——用毛巾遮在脸上——又羞死了——把毛巾放下一点——惊惊惶惶，又羞又急地喊。

△**春望**：对不起！

王兰这方才知觉了，把手在自己脸上向那小伙子一挥，也羞得笑了起来——

第十三场

时：日。

景：电车里。

人：韶华、路人若干。

韶华是不大出门的，主要也是她没有地方可去，也不喜欢跟太多人来往。她的朋友，在上海的，除了出版社、杂志社的编辑谷音之外，可以说没有别人了。

韶华坐在电车里，不放心地张望着街景和站牌。韶华身上放着一个网篮。

电车发出哨——哨——哨——的声音，有路人在等车。

韶华衣着灰蓝，着不透明长筒线袜，整个感觉是孤单而寒冷的。但她脸上的表情已跟第四场时不相同。“她的目光是有着目标性的——她看站牌。”

有情风万里卷潮来

八声甘州

（宋）苏轼

有情风万里卷潮来，无情送潮归。
问钱塘江上，西兴浦口，几度斜晖？
不用思量今古，俯仰昔人非。
谁似东坡老，白首忘机。

记取西湖西畔，正暮山好处，空翠烟霏。
算诗人相得，如我与君稀。
约他年、东还海道，愿谢公雅志莫相违。
西州路，不应回首，为我沾衣。

第十四场

时：日，秋末冬初。

景：出版社兼杂志社。

人：韶华、谷音、老古、小孩子。

（室内景）韶华坐在谷音身边的椅子上，谷音与丈夫老古的大书桌是对面对拼着放的。这一间办公室里只他们夫妻两个，有一个走廊在房间后面，走廊上是谷音做饭的区域。办公室放着两盏台灯，夫妻各一盏。同时共有一个笔筒，一大堆乱七八糟的稿纸、印书大样、算盘、浆糊、烟灰缸、印泥盒、字典、茶杯……这些文人的东西。这些"工作进行中"的东西，"这可是属于谷音这张办公桌的"。老古那张桌子上，干干净净，除了烟灰缸之外，老古的桌子清汤挂面似的。

韶华将网篮中的稿件（镜头不经心地带过一同放着的一瓶油、两只咸鸭蛋、一包米、一条火柴盒十包装的），用章能才写信给她的牛皮纸信封装了，很自然地拿出来。谷音先是看到了韶华那么薄弱的生活食品，下一秒钟，看见了上面写着"沈韶华小姐芳展"，下面署名"章缄"的毛笔字封套。

△**谷音**：嗳，以后你这柴米油盐叫我做好了，你小姐呀——只管写文章。交了呀？

谷音将稿件在说话的同时，抽了出来，把那信封往桌上纸堆中一塞，防了一眼她的丈夫老古，不吭气。

老古哪里在看谷音和韶华呢？老古深醉在一本流行小说里，半掩着脸，脸上一本《月下老人秘幕》。

△**韶华**：短的。（看着那薄薄的七八张稿纸）

△**谷音**：你不是要钱吗？（停了翻看交来的稿）

△**韶华**：长的也有，加——稿——费。（声音里有着笑）

△**谷音**：咦，好朋友讲这个做什么嘛！不看我们一家三口房租都省下了，挤在出版社里——（未讲完）

△**韶华**：我还是要加！

△**谷音**：那你长的文章拿来呀！

△**韶华**：好。不过那个男人还在屋顶上洗澡。

△**老古**：谁在屋顶上洗澡?!（突然听到了上一句，吃了一吓）

两个女人笑得用手去挥了一下老古，韶华看上去特别的精神。

△**谷音**：神经病！

韶华仍在笑着笑着的同时，谷音顺手扒起一个大红色还算新的热水瓶，对韶华说——（用红色水瓶衬韶华那一无所有的衣着和心灵）

△**谷音**：来——你搬家，送你一个热水瓶——

△**韶华**：我还是要加。

△**谷音**：——喜气洋洋的——（快速连话）

△**韶华**：我还是要加。

△**谷音**：——土里土气的——（快速连话）

△**韶华**：我还是要加——

△谷音：——暖暖的——
（同时都笑成抢话讲了）
△韶华：——我还是要加！

两个女人，话夹在一起讲，韶华的“我还是要加”一句一句插入谷音的话里去，两个人又笑又亲爱地抢话，对于这加稿费的话题，倒成了不重要的内容。

△谷音：好，加你这一大堆卖不出去的杂志。让我给你提着——送你回去——老古，管小孩子呀——

谷音顺手把热水瓶塞到韶华怀里去时，马上弯腰在扎一大堆过期杂志的同时，口中正说着好，加你这一堆卖不出去的杂志。韶华笑着接过热水瓶的同时——

△韶华：坏蛋！（立即接上谷音那些提破杂志的动作）

两个女人已然丢下看书不做事的老古，丢下站在一个小方“孩子车”（四边有栏杆的）内仍在吸奶瓶的五岁左右小男孩子，走了上街。

第十五场

时：日，冬来了。

景：接近韶华住家的街上。

人：韶华、谷音、能才。

谷音等到快接近韶华的家了，才把折在口袋中的那个中型信封（写着“沈韶华小姐芳展”“章绒”）拿出来顺手塞在韶华的外套口袋中。

△**谷音**：倒是来得快，你的地址还是我给他的呢！见过面没有？

△**韶华**：没有。

△**谷音**：没有也好。这种人呀——讲好听点嘛——是个文化——官——讲难听点（小声又不屑）——汉奸嘛——要不是老古跟他以前同学，打死也不买他的账——你干干净净一个大小姐，犯不着蹚这趟浑水。

△**韶华**：他不是的。（这句话有了双关意思，他不是我的来往。他不是汉奸）

△**谷音**：唉，你没骗我吧？

△**韶华**：（笑着，抿嘴）（什么汉奸不汉奸，韶华没反应）

这时两个女人都看见了能才，在韶华弄堂外的梧桐树下踱方步。走了几步，又转身踱了开去，明显地在等着韶华。当能才转身时，谷音指指韶华,咬牙切齿的,但也笑了。韶华迎着谷音的“算账脸”,笑着退——双手连热水瓶都放到背后去,不解释——无声地笑。

谷音轻轻作状要整说谎的韶华,见那一只手放在口袋中的章能才又转向她们踱了回来。谷音一甩手,走了。走之前,把那一大沓杂志往街上树下砰一放,不帮韶华提下去。在能才踱方步时,他手里拿着翻开的书,在看。能才酷爱阅读。

第十六场

时：黄昏将尽，已上灯了。

景：韶华房间。

人：韶华、能才、小夫妻。

那一大摞杂志被能才帮韶华提了上楼，韶华先不请能才坐，明晃晃地由网篮中拿出那两只谁也看得见的咸鸭蛋朝能才在灯下笑举——

△**韶华**：章先生在这里吃饭？

能才在韶华向他展示食物同时，把脸侧了一下，好似在看小孩子扮家家酒，又邀他参加似的受到感动，眼中流露出明显的亲爱温柔来。那头一偏的动作，好似受到了韶华无形中的手，一片轻轻的爱抚。

△**能才**：我们出去吃吧！

△**韶华**：那你出去等一下。

能才突然邀请了韶华外出吃饭，韶华第一个动作就是低头看了一下自己的衣服——淡色，没有生命力似的朴质灰条——

镜中的韶华摸了一下头发，又掠了一下头发——抿一下嘴唇，好使她的唇看起来有些血色——此时，韶华穿上了一件旧旧的皮大衣，短的。

能才下楼，在楼下去等韶华，楼下小夫妻正在合搬一些没有盒子装的大沓印刷品，那丈夫背着搬，一撞撞到了能才，印刷品乱七八糟地滑下了手，一把夹在中间的手枪掉了出来。小妻子机警，立即坐到地上去盖住手枪。很紧张地装成没事般。能才看到了，三人了然。能才施施然把手放在大衣口袋中，踱到大门边去。他不说什么。（此场配乐请制造效果）

第十七场

时：夜。

景：西餐厅。大上海豪华的夜生活场所。

人：能才、韶华、领班、茶房、白俄小提琴手、衣帽间的女人。

当能才将帽子交给衣帽间的女人时，先没有为自己脱大衣。他体贴而尊重地想为韶华脱下短大衣。韶华抢着自己快脱了，她把大衣卷起来交给衣帽间的代管人。那时，能才看见了韶华已换了一身藏蓝的低领旗袍——那白色流苏的披肩，不正是韶华桌上铺着的空花台布吗?

在领班把韶华、能才带了位子坐下来之前，能才不等领班为韶华拉椅子，抢着亲自为韶华拉了，再轻轻地推了一寸。

有茶房很快地拿了一支烛火来，替能才这一桌上的蜡烛也点了起来。同时在能才的主观眼中，烛火与玫瑰的桌上，韶华在能才的眼睛中反射着光芒。但是能才注视着韶华的眼神，又带着另一种若有所思的"不可说"。

那条桌布折成三角形的披肩，使得能才不忍看下去，目光移向韶华的脸。韶华有点不安，含笑，说——

△**韶华**：看什么？（说时自己先脸红了）

△**能才**：你好看。

韶华悄悄把眼神放到自己的肩上去的时候，领班递上来了菜单。韶华将菜单交给了能才——

△**韶华**：章先生替我做主，不要点太多。

能才看菜单的时候，韶华轻轻站起来——

△**韶华**：我去去就来。

当韶华由洗手间走回来时，能才刚刚点好菜，他自己面前一杯饭前酒，韶华的水杯里，已经被倒满了冰水。

当韶华走向那玫瑰与酒的桌子——加上烛光——时，一个白俄的小提琴手已然拉起了那首教任何女人在此情此景都要心碎的泰绮思——冥想曲。THAIS（MASSENET）。（请配乐不要拉得太古典，餐厅小提琴手那种有点滥情地诠释此首曲调）

韶华身上的白色桌布不见了，手提包鼓了起来，在韶华的身后，好似踏着舞步而跟随的小提琴手，一面拉一面接近能才与韶华的桌子。能才又为韶华拉椅子的同时，冥想曲快拉到第25秒钟时的旋律了。在那第30秒的旋律下，韶华没有控制住她那依然“学生性浓”的过去，向小提琴手去欠了欠身体，有些失措。音乐入侵了韶华敏感的心，她听、听、听、听了，慢慢热泪盈眶。她进入了自己内心世界的新愁旧恨，无以自拔。

能才塞了一张钞票在那提琴手的裤子口袋里，含笑谢了，小提琴手略略点了个头，走到另外一边桌子去拉，音乐仍在继续下去——

△**能才**：想什么？（音乐仍在流续下去。）

△**韶华**：这重要吗？——想——这顿饭要花你不少钱吧——（韶华强打精神想改心境话题）

△**能才**：这重要吗？（接近讽刺地）

音乐由远处还是飘过来，那如泣如诉的弦音，强迫韶华进入了一种梦境，她——伸手拔出了瓶中的长梗鲜红玫瑰花的同时，一面动作一面说——

△**韶华**：记得小的时候，我还有妈妈，她带我来过这里——妈妈教我吃西菜——就坐在那边靠窗的一桌——那一年——我——七——岁。

音乐仍在流着，遥远了。韶华讲起这段往事来时，泪眼中望着那张与妈妈坐过的空桌子——她的眼神如此遥远，好像看过去了她的一生——

（同时）不自觉地开始剥下玫瑰花瓣，一片、一片，落到自己面前。

能才轻轻地稳住了韶华的右手，把花和韶华的右手一起握起来。

△**能才**：韶华，我很早就一个人过日子，姑姑把我带大的，姑姑前几年就死了。姑丈是个日本人，一直在中国，去年他也走了。我这个差事就是他替我一步一步安排的。（能才讲自己）

△**韶华**：你，太太，也是日本人吗？

△**能才**：没有。我们分手了。没有小孩子倒也没有太多痛苦。

△**韶华**：人家说，你是汉奸。

△**能才**：是，我也很痛苦。

△**韶华**：那——你杀过中国人没有？

△**能才**：（苦笑）最厉害的汉奸都是不杀人的。最没有用的汉奸也是不杀人的。

△**韶华**：哦，你赖了。

△**能才**：随波逐浪的人，是不会有好结果的。（能才明讲了）韶华，你没有披肩，我没有灵魂。（能才再次感伤）

第十八场

时：日。

景：日本人占领的上海，能才办公大楼外。

人：能才与同事三五个。

人，在日本国旗下，过着忍辱偷生的日子。能才与一些同事，没有派头地，由办公大楼中出来。

中国人，在日本旗下，以“国民党”的“政府”（汪精卫政府自称国民党）名义下，不反抗，一样柴、米、油、盐，上班、下工、挤车、结婚、做寿、拜访、吵架、打打小孩……生——老——病——死。

中国人生活的画面在日本旗下出现。

旗在画面左方直悬。

人人人人、车、房子、街、活动。

旗子

注：在汪精卫政府下的上海，还是挂中华民国旗子的。但这一来，观众实在不明白（四十岁以下，或不看近代史的人），只有明挂日本旗。（戏呀！）（此种表达太明显，可否将日本旗用到玉

兰春望戏中去？）

第十九场

时：下午。
景：韶华家中楼下院中、小夫妻房间、弄堂口。
人：能才、小夫妻两人、十五六岁小青年、小孩子（小夫妻的）、司机。

能才与司机同坐着，睡了过去，手上一本书仍握着。司机轻轻推能才。能才进入韶华家楼下时，那对小夫妻坐在台阶上好似在等什么似的。小妻子打毛衣，丈夫在钉一个破椅子。能才一进来，明显看见小丈夫向他身后一扬下巴，打了暗号。这时一个小青年，手举过头，一把扳回能才的肩，偷袭——能才一退，也挡了小青年，那人还是不放过他。

△**小青年**：打死你这个汉奸。

小青年锄头挥过来，木头柄跟铁头部分分了家，飞出去了。当然没有打到。小青年逃了。

能才遇袭也不追，慢慢推开了楼下小夫妇的房间，这时两人都躲进去了。能才走进他们家，沉潜地，苦笑。

△**能才**：杀了我这种人，就能——救国吗？（能才苦涩地笑）

△**小妻子**：这种话，你对我们说做什么？

△**能才**：（点了烟，吸一口，按熄）（口气凶严起来）你们不必

在我面前演戏了。

△**能才**：——我再也不要看见你——（拿起桌上的水果刀）来吧，往这里戳呀，省得我自己动手。（叹气）我还怕痛呢。

能才掏出一沓钱来，放在桌上。神色又由上面的“威”转成“感伤”。

△**能才**：给孩子买些吃的，大家日子都不好过。（口气已转了，生命感伤再现）将来我不在的时候，请照顾楼上沈小姐。

推枕惘然不见

水龙吟

（宋）苏轼

小舟横截春江，卧看翠壁红楼起。
云间笑语，使君高会，佳人半醉。
危柱哀弦，艳歌余响，绕云萦水。
念故人老大，风流未减，独回首，烟波里。

推枕惘然不见，但空江，月明千里。
五湖闻道，扁舟归去，仍携西子。
云梦南州，武昌东岸，昔游应记。
料多情梦里，端来见我，也参差是。

第二十场

时：夜。

景：韶华室内、楼下。

人：韶华、能才、小夫妻。

楼下小夫妻静静地在搬家。韶华跟能才从二楼窗口看。

△**韶华**：要是上次他们把你打死了，我也不活了。

△**能才**：这个你可要有心理准备，我是随时会消失的——（能才的表情始终无力感极深）

△**韶华**：说什么？会死的？那你来做什么？

△**能才**：（伤感）（去拉韶华）你这傻瓜。（把韶华引向他带来的礼物）来看，好多东西给你哦。

韶华叹口气，不说了。对于礼物，韶华并没有表现出太多欢喜。

那时韶华穿着一件质地中上的暗深蓝低领旗袍，坐在桌子前唯一的椅子上（平时她喜欢坐在床沿，床沿边也就是桌子了）。韶华对着能才带来的礼物，从从容容地看着能才。能才替她拆开——一个收音机——一本字典——一支作家定会喜爱的——笔——（画面）

韶华对着字典一拍，这才笑得欢喜，把脸去贴了一下。好似小孩子一般。那支笔，韶华将它举在灯下看，再去能才唇上轻轻用笔打了一下——爱的——这时。能才绕到她身后去——一条五彩花绸带流苏的“货真价实的披肩”被能才的双手一同由背后拥上来。韶华被包裹在她的缺乏里，她没有披肩，物质上的。她没有人爱，心灵上的。能才在这一霎间，成就了韶华小小的、小小的怅然。（色彩）

韶华被轻抱时，神色从容、接受，又安然、快乐。（四周衬着生命丰富的物质象征）

△**能才：**韶华——

△**韶华：**嗯——

△**能才：**还有一样东西，不好意思交给你，我放在洗手间水箱上——你去——

韶华接受了能才，在心理上。也有这份“大方”，在物质上同步接受。当她听见——在洗手间——这句话时，反手亲爱地打了一下能才，站起来就往洗手间走——去看是什么东西——她推开了房间——不关——向外走去——

这已经被能才插上了的新收音机，被能才一开，转出了播音员的声音——（能才听着，脸色不好）

O.S.（女声）：

这里是大东亚共荣圈，大本营报道：

各位听众，满洲国是“大东亚共荣圈”建立最早、根基最深的圣战基地。满洲府是一个充满希望的新国家。为了支持正在进行中的“大东亚圣战”，我们要再度在政治、军事、警宪、绅商、交通、农民、工人、蒙旗等部门中，推行更为积极的整备观念。

我们要强化基层单位，扶植政府机关，准备军事力量，扩大宣传，加强经济生产。工作重心在于动员全体民众，策应军、警方向，推展战斗精神，检举一切反政府分子……

注：请以无血、无肉、无表情的声音念出。再接：好，现在为您播放一首时代歌曲——《我美丽的香格里拉》——导演请做主，在何时可删上面播音稿。

当时“太平洋战争”已全面展开，日本人称之为“大东亚圣战”。东北满洲国建于 1931 ~ 1945 年。

（此段时局内容因已由上海改至东北拍戏，请用上段文字，内容不再改。无妨）（戏）

能才突然在这种时刻又听到了时局，时局，他感伤了——

O.S.（女声）：好，现在为您播放一首时代歌曲——

O.S.（歌声）：“这美丽的——香——格——里——拉”

韶华又在房间口出现，身上披着“醉生梦死花色”的丝绸披肩，在走廊上时也听见了收音机的音乐——韶华一步走进来，把右肩向前一倾，轻拉一下旗袍的下摆，意识上露出了小腿——展示能才给她的玻璃丝袜——（这之前，韶华穿长线袜，不透明的）——韶华从从容容起来，笑——

能才根本已经跟着收音机唱了起来，伸开双手，迎向韶华——

△**能才**：我深——深——地——爱——上——了——她（跟收音机一起）（唱——）（不管明天、不想未来地感伤地唱）

韶华右腿踏一步，右手直伸，左手掌心向自己放在心的前面，也在轻唱下一句——

△**韶华**：我深深地爱上了她——爱上了她——（同时）
△**能才**：我深深地爱上了她——爱上了她——

两个人跨了三步，轻轻拥抱，随着音乐跳起舞来，转一个圆圈，能才将韶华一抱，拦腰一抱，韶华跌坐在他的膝盖上去。收音机又在报了——

O.S.（女声）：这里是大东亚共荣圈，大本营报道，这里是大本营报道——

韶华啪一下扭掉了收音机，就坐在能才的膝盖上，顺手拿起一个水果和水果刀来——

△**韶华**：其实，我这些年来也一直想死，如果炸弹炸死我，倒好了。

△**能才**：不死，不可以死。（静静地说）

△**韶华**：好。不死不死，要死死在一块，来，来吃生梨。

韶华此时仍坐在能才膝上，拿起一只水梨和水果刀来——

△**韶华**：好。我们来吃——生梨。（叹了口气）

韶华和能才都是知识分子，对于文字的敏感度不同一般人。那句“吃生梨”是韶华故意说的，她很明白，她与能才的情感，另有一种巨大的力量在左右着——“时代”，这是她没有能力去掌握的事情。能才替伪政府做事，要到哪一天呢？当战争结束了，能才会不会受制裁？他们分不分离？生梨——生离——死——别。生离——生梨——生离——生梨——好——我们来——吃——它。

韶华削生梨好快，削成了一种决心似的。削好，也不给能才吃，也不切，看看手指上有水果汁，不知要去擦在哪里，因为能才由后面抱住她——她想把手指放到口里去吸——

能才已拿起了桌上一杯艳红如血的红葡萄酒——

韶华误会了，开始咯咯咯咯地笑——

△**韶华**：我不喝酒的，你试试看——

△**能才**：嘘——（能才贴在韶华脸上了）

能才将韶华的手，慢慢打开，那声嘘字还在。能才用酒，温柔地替韶华洗手（艳红色的酒花如血般在洗韶华的手）——嘘——能才将韶华的手拉近时，韶华慢慢转身向着能才——能才轻吻韶华的湿手——韶华的手摸上了能才的脸——韶华眼中——春光荡漾——韶华的下巴，被托了起来——韶华做梦般轻说——能才轻轻说——（同时）（韶华先一秒钟）

△**韶华**：能才。

△**能才**：小傻瓜。

披肩不再是韶华的保护了，披肩落在地上。灯被拉熄。

黑暗中，一支烟被点起来。能才躺在床外沿，韶华在内。那时，窗外已透出一点点微光——晨曦要来了的拂晓时分。能才吸烟，韶华失了怀抱，一下子没有了安全感。扑了上去。

△**韶华**：能才，你爱不爱我——爱不爱我——（急迫的女性口气求取保证）

△**能才**：（沉默了一下）当然，当然。嘘——睡一下——我在——我在——我在——（拍起韶华来）

布景请注意：

韶华是处女。她的棉被是一种浅蓝色小花，加白边的。中国被。床是有顶，有安全感，有帘子可放下的老床。

小花被面

白边

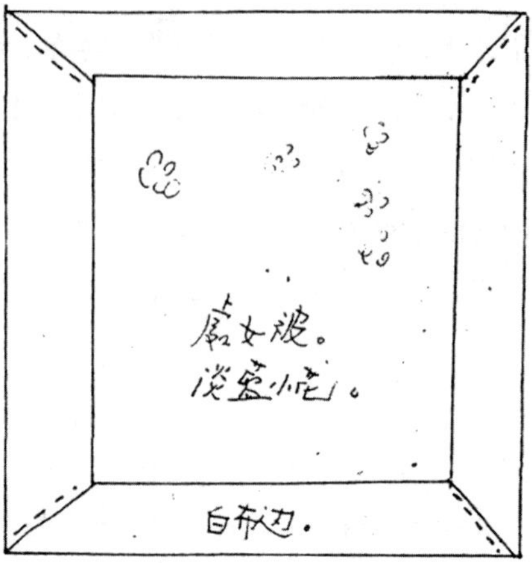
淡蓝小花。
白布边。

第二十一场

时：早晨。

景：韶华房中。

人：韶华。

（在第二十场中）韶华因为能才拍她，在她身边，方才安然睡去。醒来——人去楼空，恍如一梦。

韶华摸摸身边，发觉屋内只有——她。

是一个人，昨日的空酒杯里，插了一只“青菜”。

韶华慢慢坐起身来，拾起床沿落下的一只玻璃丝袜。一副松紧带（扎丝袜用的）在丝袜旁边的地板上。披肩在地板上——

韶华慢慢举起丝袜，把一只手伸到袜子里去，张开，迎光拉开——玻璃丝袜破了——

韶华平平静静地把她的“处女膜”象征折折好，把丝袜当心地放入她那白荷叶边的枕头里去。

第二十二场

时：日。

景：防空洞内外。

人：玉兰、春望、人群。

玉兰在跑空袭，有拉警报的声音跟着大批奔跑的人群——呜——呜——呜——大家向防空洞挤呀——飞机声——低飞——玉兰挤到了春望的身边。嘭！炸弹来了。嘭！嘭！

玉兰发觉在春望怀里。

△**春望**：想过没有，跟你讲过好几次了。想过没有？

△**玉兰**：他们不会放人的。

△**春望**：管他们答不答应，我们逃了。

△**玉兰**：春望——我早已给老爷坏了——还怀过他的孩子。你还要我——？（快哭了）

嘭！炸弹又落下来，落在春望的心里。春望实在太痛恨这旧社会如此欺凌一个丫头，又疼惜玉兰以前未曾倾诉的委屈——一时愣了。

玉兰以为春望因为她不是处女而不要她了，挤开人群，拼命挤——狂奔而去——

分携如昨

到处萍飘泊

醉落魄

（宋）苏轼

分携如昨，
人生到处萍飘泊。
偶然相聚还离索。
多病多愁，须信从来错。

尊前一笑休辞却，
天涯同是伤沦落。
故山犹负平生约。
西望峨嵋，长羡归飞鹤。

第二十三场

时：夜。

景：街上，韶华家楼梯下。

人：韶华、小夫妻、月凤出场。

韶华在跑（前一场镜头中狂奔的玉兰跑成了韶华）。韶华家附近有人叫——快跑——捉人了——快——要戒严了——有吹哨子叫人站住的声音，有一声枪声。人奔跑声。乱。脚步声。

韶华的网篮中不过是两瓶牛奶和一沓卫生纸，她只是在夜间，出去买些日用品，就在家附近，却被吓得很厉害——她拼命地往家中跑去，推开小院中的门，再往自己二楼房间冲——在黑暗中，一道强光突然由楼梯上向韶华啪一下照住了。

△**韶华**：呀——（惨叫起来）

照她的人陪着韶华一起叫的。

△**月凤**：呀——

月凤又用手电筒照自己，又再照韶华，月凤假叫，韶华真叫。当韶华看清楚了来者是谁时，又叫。这个叫，快乐地惨叫了——呀——（尖叫！）

△**韶华**：死——小——孩——（扑了上去大叫！）

月凤和韶华抱在一起，缠在一起的时候，楼下房东太太开门看，看惨叫是为了什么。楼梯灯被打开了。两个好朋友，彼此——嘘——嘘——嘘——把月凤一个军人般的背包，拖上楼梯，轻手轻脚的。

第二十四场

时：夜。

景：韶华房内。

人：韶华、月凤。

韶华将门一关，靠在门上，笑指月凤那副辫子也打毛了，脸上风尘仆仆又沾了一抹黑色的样子。

△**韶华**：破人——跟个野男人私奔到大后方去，那么些年也没有消息。（韶华声音中满是喜悦）

△**月凤**：（啪——用中指和拇指两指一弹，啵的一响）我们这种“爱情动物”有了男人还会通消息呀。（好大声音哦）——不过——我——告——诉——你——哦——（当大事似的）你的照片可是一直放在这里（把胸口中一条绳子绑着的鸡心向韶华举一举）——男人这种东西——常常要换的嘛——不如只放你——在——我——心——底——（月凤讲到了心——底时，声音好有节奏）比较省事。

（音乐偷偷配进来）

韶华听见这话的同时，心里的一种东西，又被触及，此时，音乐又进来了。韶华的脸上满是温柔，又假板脸，对月凤。已经取了一个自己的茶杯，为月凤倒牛奶——

△**韶华**：书读了没有？（递上牛奶）

△月凤：（接过牛奶，又不吃，往桌上一放）我这种人怎么会读书嘛——还不是跟了“我——的——他”在街上演话剧（好大声喔），“嘿！放下你的鞭子来！”（做出话剧里的手势来，向空气对面一指，大喝）——（才看）——咦——你的房间不错嘛——只有这个我认识（指指留声机再突然把自己吓了一大跳，因为这才正眼看了韶华，韶华根本是刚刚跑戒严跑散了头发）——呀（惨叫）——你怎么那么憔悴——

韶华又被月凤的叫，吓了一次。

△月凤：我看你呀，不是没有饭吃——是——（想用词）——哦——感情的饥渴。好，招出来，隔壁房间住的是谁？

△韶华：（笑）住着一个我最喜欢的人——因为他——从——来不——在——家，跑单帮的——这楼上等于我一个人。你的他呢？（上句余老板出场伏笔）

△月凤：吹了。唉——大概已经在延安了。

△韶华：（又递上牛奶）你吹他？

△月凤：（把牛奶一口气喝下去）我吹他，他——妈——的——（委屈了，三字经慢慢骂）——一天到晚抗日、新中国——（又加快了语气，好大声哦）我就问他：“到底，救国重要，还是救我重要？”我逼他，不给他睡觉，逼到天亮，你猜他怎么样？——他不说。我再掐他，他说救国重要。他厚脸皮，还说我救国不彻底——我——就——说——（大声）“没有爱情，救得了什么国”——啪打他一个耳光，就逃回来了。唉（黯然了再叫）呀——好呀！我们又在一起了。

月凤把韶华抱住，用头去顶她的胃，往床上拼命顶去，两个人挤在床上笑。

△**月凤**：今天晚上跟你讲个够。

月凤撑起身子来，将放在韶华床上的行李包打开来，背包里的衣服、梳子、长裤被她丢出来飞到天上去。

月凤脱下鞋子，韶华顺手把床上能才的便鞋向月凤丢了过去，月凤一只右脚踏下去，发觉是男人的——尺——寸——一时就明白了（聪明），慢慢下沙发，把能才的便鞋举了起来——笑向韶华——眼睛中顽皮的火花一闪——

韶华好似“玉兰看见春望洗澡时表情”，用手慢慢在脸上，下巴下，往月凤挥过去，慢慢地挥，脸上一种——“哦——少来”——的风情万种。

第二十五场

时：早晨。

景：韶华房间。

人：月凤、韶华。

月凤散发睡在沙发上，手臂伸出来，放在一条灰蓝加红条格子的毛毯上。

月凤太累了，睡得沉。韶华轻轻下床，轻轻拉了小皮夹。唯恐惊醒月凤。轻轻穿鞋。

第二十六场

时：早晨。

景：弄堂外公用电话。

人：韶华、青年乞丐三五人、小健、小健怀孕的妻子。

△**韶华**：(讲电话) 喂,请接章部长。(等) 能才 (口气亲爱),没事,不要急，没事，你别急嘛，我只是想跟你说，我那个最要好的月凤回来了，对，你还是可以来，我们的事（此时小健的身影已然进入镜头，有乞丐正向韶华讨钱，韶华把身体转开背住乞丐）我不预备瞒她的——喂，等等，是我那个初恋的人正在走过，坏蛋！不是说你。还带了一个太太一样的人，当年我还为他自杀呢——

韶华和小健、小健太太在镜头下一同出现，韶华挂了电话冲出去，拍了一下小健，两个人又推了一下，老朋友重逢似的——笑。

（沧桑沧桑的音乐在小健与韶华重逢的时候流过，当年的小健身边已有了妻子，岁月的变化都很明显了）

第二十七场

时：日。

景：理发店（美容院）。

人：韶华、月凤、两位理发师、顾客七八个。

小小的烫发店，已经坐满了那三五张椅子。韶华和月凤坐在椅子（烫发椅）后面靠墙的进口处等着。

收音机里正放着周璇的歌，那首"忆良人"在大气中喜气洋洋地飘着。三号理发师在吹一个女人的头发，手势顺着旋律一上一下的。另外两个美容椅上的女人，一个在被师傅梳头，她的手一直往后面夹住的"爱司头"那一团摸来摸去。另一个师傅梳得起劲，看见顾客的手去摸他的"工程"，很被侵略了似的用上海话在说——

△**师傅**：弗要动！弗——要动……

韶华静静低头打一件暗枣红色的毛衣，方才打了一个手指那么宽的下襒。月凤在膝盖上平放了三小纸口袋的"糖炒栗子"（用报纸糊的口袋），月凤把那三个口袋的栗子，一包，一包，一包，全都倒进她右边外套口袋里去。把空纸口袋往韶华一送，说——

△**月凤**：上面有字吔，看不看——咦——这件——

韶华不理会她，同时把那件毛衣，朝理发店门外逆光的方向比了一下尺寸。月凤那句“看不看”接下了韶华这个动作，她自己嘛，吃一颗糖炒栗子，把壳，当心地不丢到地上去，顺手放进了左边的口袋。

△**月凤**：我那个死要救国的，我还是想他。没心没肺的革命分子，嗳，还是爱他。（啵一下，又剥出一颗糖炒栗子来。自己看了一看，往口里一丢，又有了男友的联想）呸！心给狗吃了。

△**韶华**：（打毛衣）月凤，是不是女人的身体都跟着心走？（平静，若有所思地）

△**月凤**：你什么意思？

△**韶华**：我是说，你跟你那个小勇，有——没有？（平静地，思索地）

△**月凤**：嗳（默认了）。你呢？你跟那个大拖鞋？

△**韶华**：（仍在认真思索）我在想，到底女人的身体是不是总是跟着心走？

△**月凤**：我是这样的，可是男人绝对不是。（好大声哦！）

（三号刚刚吹好一个下了美容椅子的顾客，这边师傅就喊了——那周璇的嗓子仍在空气中飘。）

△**师傅**：三号，这位小姐烫头发，侬照顾照顾了（下巴往月凤方向指，他的手不闲）。快一点了。

三号是个深具喜感的师傅，他向月凤做了一个“请”的手势，把手中毛巾往自己肩上一甩，好似表明了他的技术和自信。那长长辫子的月凤，天不怕地不怕的月凤，看看韶华，一只手拉住韶华，好像叫韶华陪死一样，上了“烫发椅子”，一手抓住扶手，一手抓住韶华。（这些动作都是在大镜子里看见的。）

（下一个镜头）那月凤的满头头发，已被数十根由天花板上接下来的电线，吊了起来，吊在空中好像一把大扇子一样全部张开。哦——

△月凤：喔（叹息），要是现在炸弹掉下来，也逃不掉了。

韶华变成十分稚气，她看见月凤——被吊起长发来的样子，自己耸耸肩膀，摸摸短发，庆幸自己不必被吊上去。

△三号：坐好，坐好，要烫了，坐好。

△月凤：好。我们这种“爱情（指韶华又指自己，只用手指动了动，因她不能移动）——动物”——即使要见的，是（又指）你——的——嗯——（又想用词了）——爱人——我男朋友用语——也要紧张得起化学变化的——看——我——要——变——啦！

嘭！月凤心里紧张，那“电头发”配音就炸开啦！

（此时镜头是月凤正面）

（月凤主观眼镜子中，韶华连人带毛线针、毛线衣、毛线团，笑扑在一个男人的身上去）（韶华初见能才时，就是镜中看见。月凤此时镜中初见能才）

聪明的月凤一看那情形，当然知道来者是谁了，这一狼狈，一把抓起肩上的毛巾，窘得——尖——叫——

△月凤：呀——

第二十八场

时：早晨接近中午。

景：韶华半开的门中。

人：韶华、月凤、余老板出场。

余老板听见他隔邻房间里有两个女人清脆又紧张的声音。他背了布包正要走进他的房间。

△月凤：你当心——当心——快呀——（紧张地喊）

韶华用一只“烫斗”，把月凤的头发平铺在桌子上来回烫直。（当然，月凤此时是，半蹲着，不舒服。）

△月凤：快举起来——要焦了——快呀——

韶华又自己烫，又放手，又去烫，咯咯地笑。

余老板看见这一幕，呆了半秒，哦——这两个女人！

△月凤：那个看我的人是谁？（韶华抬头看，放了烫斗）你当心呀——（门外余老板已经走了）

余老板接近半跑地又出现在韶华房间口，手里举着一个夹子。

△余老板：（喊的，好亲切地）沈小姐，我有一个好货色，用这个，烫斗太危险了——这个东西——一夹，头发就卷起来了——

△月凤：（惨叫）好不容易快烫平了，他又要来夹。呀——韶华——你拿起来呀——（韶华手又停了）

两女咯咯地笑。余老板不太明白，手里一只“烫发夹子”握着，也傻笑——看韶华，脸红红的。

浩然相对
今夕何年

水龙吟

（宋）苏轼

古来云海茫茫，道山绛阙知何处。
人间自有，赤城居士，龙蟠凤举。
清净无为，坐忘遗照，八篇奇语。
向玉霄东望，蓬莱晻霭，有云驾、骖风驭。

行尽九州四海，笑纷纷、落花飞絮。
临江一见，谪仙风采，无言心许。
八表神游，浩然相对，酒酣箕踞。
待垂天赋就，骑鲸路稳，约相将去。

第二十九场

时：中午。

景：仍然没有叶子的梧桐树街上。

人：韶华、能才、月凤、小贩。

O.S.（楼下小妻子声音）：余老板，那么好的货色，她们大小姐不要，就送给我啰。

两个好朋友，开开心心地跑下楼，跟着能才一起出了门。那O.S.根本烦不到她们。看清楚能才停了下来，买了一包糖炒栗子递给月凤。却是韶华付了钱。月凤的糖炒栗子一定被倒进衣服口袋中去的。韶华的左手，被能才悄悄握进他右边口袋中去。月凤看见了，能才干脆把月凤的右手，放入了他左边口袋中去。两女人衣服已不同于理发店。

能才走在两个女性的中间。走了两步，停了。能才略带感触又幸福地看天、看树梢、看了街、看月凤，再深深地注视韶华——不移。

△**韶华**：干吗！（羞了脸）

能才被一种不能相信的幸福，甚而充满着家庭幸福的亲爱所感动，接近不能自持。这时月凤对着韶华扮了一个鬼脸，因为能才不在看她。

△能才：（在韶华上一句话问出来就回答了）真好！一家人了。

韶华在笑，如早放的迎春花。月凤新烫的头发，不再只是两条辫子。

△月凤：好。我们今天让能才大请客。

△能才：今天倒是我们请月凤到龙华寺去吃素菜。

△月凤：呛死——哦——（哀叫）

（音乐在此三人行的戏中，扮演着情绪转移到“幸福”的方向，非常重要。一定与心情“对位”）

第三十场

时：中午。

景：汽车内。

人：能才、韶华、月凤、司机、路人、军队。

月凤和韶华一左一右地坐在能才两边，他们都坐在后座。月凤当然在吃个不停——她永恒的糖炒栗子。

△**月凤**：（向着能才、韶华侧身，月凤坐左边）不过我还是喜欢大鱼大肉——唰——过去几年——苦死啰。（上场幸福的配乐在上车时已偷偷变了。）

同时车子慢了下来，仍在城内街上。路人集中些了。有枪托向人比划。有一排人把手举起趴在墙上给人搜身。有小摊的菜蔬被整筐倒翻。有火烧了的一把老沙发被人由一间门内拖出来，在冒烟。有一串人被人用枪抵住从房中走出来，手都放在脖子后面，车子停住不动了。（此时镜头是由汽车窗中主观镜头望去，一片地拍，不是一个一个拍。导演同意吗？配乐请协助）

车内的人僵住了，月凤小傻瓜还在吃东西。

△**月凤**：能才，你身上有没有很多钱？当心，要被搜去了。（指指窗外一个路人的口袋，已被翻遍）（阴暗如梦的音乐，早已"偷偷"流进来了，月凤心里又在放烟雾弹，她何曾真不明白）

(特写时镜头一定卡入其他被搜街景。导演想法一样的是吗?)

有狼狗被皮带拉着拼命在嗅，有男人被军人打耳光，被打的人跪了下来——又被踢了上去，正对着脸。有怀孕的妇人，被一把拉起衣服下衬，看看她是不是腹部藏着东西——此时，镜头带到能才司机三分之一(?)面部，有泪忍在司机的眼眶中。有小孩被妈妈在抹住嘴，不许出哭声，有一排人在枪托下跪在街上，一串松松的绳子连着双手反绑的人——

车中能才看韶华，韶华看了月凤一眼，月凤看韶华，月凤看能才，这时，能才不得已轻拍了司机一下肩膀，司机把肩一缩，有些反抗的味道，放下玻璃，慢慢举起一张“派司”，迎向窗外搜人的兵。

马上有人吹了哨子，有人排开了众人，有人给开路——车子在人潮中开了过去——车内的四个人“**承受了窗外所有人集中的眼光**”。(此时镜头下张力快至饱和)

△**月凤**：不去龙华了，我晕车，不信问韶华。

(韶华向右看窗外!)

△**月凤**：你给我停——车。(很坚持)

△**能才**：(声音安静，带着眼泪了)来——开开窗——吹吹风就好了——

△**月凤**：跟你——讲——我——不——去——了。(坚持中有反抗)

△**能才**：(黯然)那好。可不可以让我先去前面办公室打一个电话，订的菜，不用等了。

车子开到一个牌子。(镜头只卡住三分之一的“××× 上海维持会”，导演同意吗？）

能才对司机说。

△**能才**：不用开进去。（车子转了）

办公室，大门。（停）

第三十一场

时：中午。

景：街上、能才办公大楼门外。

人：能才、韶华、月凤、司机、军队一排、路人。

既然月凤不肯去龙华寺了，能才只有下车去打电话。韶华推开车门下车，好给坐在中间的能才让路，韶华再上车时，月凤由车子后玻璃的主观镜头中盯着匆匆走向大楼的能才。这时一队兵走过，能才停住了。又同时有一辆外面踏板上可以站卫士的黑轿车开来，兵的队长叫一排兵停步了。车子开入了办公大楼的内院——

在能才走向办公楼，停步，等兵过，黑色轿车来的同时，“镜头是同时”由后窗玻璃在交代能才，又拍摄了车内的月凤和韶华，（导演认为如何？）能才等兵过时，曾经回首与车内月凤的眼神对上了。月凤吃东西慢了。

△**月凤**：（扳过缩在车内的韶华厉声）我要你看着我，他到底是谁？（栗子越吃越慢，韶华挣脱月凤，又被扳了回来。）

△**韶华**：他是我的——男人。（口气肯定而坚决，给能才定位）

△**月凤**：（尖叫，丢掉了栗子）他就是拿鞭子的人。

（那同时，办公大楼内有了巨响，嘭——爆炸了。）

里面有人冲出来，好多人，黑烟冒了起来。此时能才掉头就走，推着司机上车，自己快速拉开车门，向司机——

△**能才**：（沉声低喝）快走，别人不要管。

嘭！又炸了。能才一把将月凤、韶华往他身上拉，自己把身体去覆在韶华的背上挡，那时，月凤跨在韶华背上，韶华趴在能才膝盖上——

嘭！又炸了一声，车子快速开走了。

韶华一手抱住能才的腰，慢慢抬起头来——

△**韶华**：能才，你有没有危险？（轻轻地）

△**能才**：（拂一下韶华的头发）我们时间到了。

月凤在韶华问出如此能才的话来时，缓缓由韶华背上离开。

月凤把身体坐直，慢慢将下巴靠到司机后方的垫子上去。

月凤安安静静地崩溃。

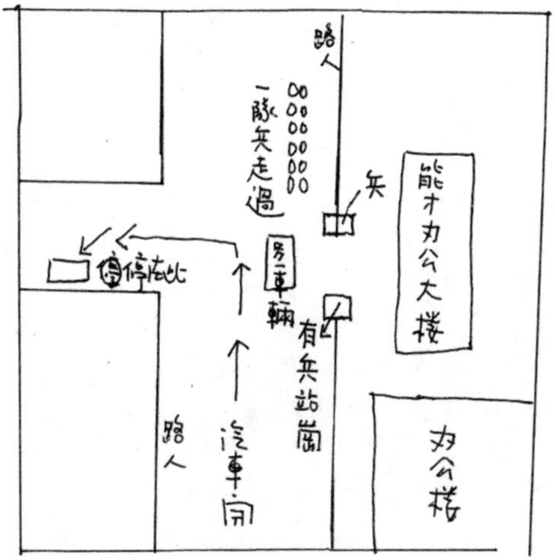

谁道人生无再少

浣溪沙

（宋）苏轼

山下兰芽短浸溪，
松间沙路净无泥，
萧萧暮雨子规啼。

谁道人生无再少？
门前流水尚能西，
休将白发唱黄鸡。

第三十二场

时：黄昏。

景：韶华家中。

人：能才、韶华。

（镜头照着韶华家中的布置）

O.S.（韶华声音）：我这个写作，是关出来的，如果当年你早些出现，大概我根本不会去写什么文章了。（房间）你给了我依靠，给了我家的感觉。（镜头摄到能才和韶华）（韶华靠在能才身上，一副家居的味道）

△**能才**：我不过给了你一只泥老虎罢了。（能才心灵世界与生活世界不合并的。）

△**韶华**：对呀，现在把它关到这里去了。（指指胸口）这件东西很神秘，小时候妈妈给过我一只一色一样的，你来了，又带来一个。（叹气）不过你又是谁呢？（刮一下能才的鼻子，很亲爱地）女人，很好骗吧？（叹口气，幸福地叹气）

△**能才**：男人还不是一样。（苦笑）

△**韶华**：你是，略施小计的了。

△**能才**：你喜欢呀！

△**韶华**：那你就是略施小计了。（讲了三次。不放心吗？）

△**能才**：好，有生之年，就买泥老虎给你。

△**韶华**：那你就是略施小计了。

△**能才**：好，就算我是阴谋家，好了吧！

（韶华去腻能才）（有音乐《滚滚红尘》流出来。）

△**能才**：来，我们跳舞吧。（主题曲流出来了）

（两人由室内跳到露台上去，邻居们全可以看见他们，而能才拉起了韶华的丝披肩，包着两人接吻。）

△**韶华**：我们结婚吧！（丝巾下的声音接近哽咽）

△**能才**：我的身份会害了你一辈子。进去吧。

（好。现在已进入主题曲，在他们跳舞的时候唱出来了，歌词字幕打出。）

滚滚红尘

罗大佑作词 · 作曲

起初不经意的你　和少年不经事的我
红尘中的情缘　只因那生命匆匆不语的胶着

想是人世间的错　或全是流传的因果
终生的所有　也不惜换取刹那阴阳的交流

来易来　去难去　数十载的人世游
分易分　聚难聚　爱与恨的千古愁

本因属于你的心 它依然护紧我胸口
为只为那尘世转变的面孔后的翻云覆雨手

来易来　去难去　数十载的人世游
分易分　聚难聚　爱与恨的千古愁

于是不愿走的你　要告别已不见的我
至今世间仍有隐约的耳语　跟随我俩的传说
滚滚红尘里有隐约的耳语　跟随我俩的传说

第三十三场

时：深夜。

景：韶华房内。

人：能才、韶华、小妻子、小男孩。

△**能才**：（哈哈冻住了的手）好，我来生炉子。

能才蹲了下去，替韶华的小火炭炉掏灰。人佝偻着，手上一只小铲子和一个接灰的“畚斗”，没有长柄的。（一般中国大陆使用的畚斗是用手捧的。此时能才身体语言矮下去了）

△**韶华**：我去楼下搬煤球。（也在哈手）

这时能才已然往楼下开门去了，手中捧着畚斗里一盆冷灰朝韶华笑笑，自己去了，好像这已是他的家。

韶华见能才走下楼，自己快速往床边走去。（镜头没带下去）能才再上来时的房间里，灯熄了，两只小小的红蜡烛，已然点在韶华床边唯一的八仙方桌上。那桌上一切的稿纸、书籍、浆糊、剪刀、茶杯、热水瓶……包括桌布，都消失了，只剩下那木质桌面上两根“并在一起”（不是一左一右如挂对联或一般喜房中的放法）的烛。烛并肩点着，烛泪使它一起交融。

能才手里的畚斗放了五七个小皮球大的煤球。不给能才回转思索，韶华在烛光下，将一张大方中型、大红黑字的“八字命书红封”，以双手“浩然”对住能才眼睛，托高到胸口。用摊平的双手托住（不握住），交上给能才。能才手里的畚斗连忙往地上放，明白了韶华的决心，看了一下被炭弄脏的手，想擦又没有东西擦的“同时”，韶华不给他犹豫那手脏不脏，把能才左手拉来，掌心打开，平放在韶华的“八字命书”上。(特写镜头？)

演员提示：韶华很清楚自己在做什么。有担当。能才是被感动之时的“被动”。他的无力感，“生命感伤”，在接受了这么大的事情——“另一个人的生命”时，又巨大地浮了起来。

能才拉了韶华在床沿坐下，以手拥住她的肩，掏出怀表来，交给韶华。

△能才：(慎慎重重地）这只表——韶华，是请你，在以后的每一分每一秒里，记住现在的我们。

两个人亲爱地贴着脸，韶华又把身体去靠紧了能才，表——被拳握在掌中。能才感伤难禁。

韶华开始替能才脱西装（大衣已脱了，火也燃起来了），再脱西装里面的毛衣（对襟、灰铁色的），再脱背心。好似要把能才种种“人性的枷锁”重重解开。韶华跪下去替能才解鞋带。能才的手，在韶华做这些动作时，一直不肯离开韶华的肩、手，“他看的是一个盲点”，但他的手，没有性欲地纠缠着韶华，两人的动作，有一种节奏。当韶华跪下去替能才脱鞋时，能才眼中有泪光，反闪在烛影摇红中。

（下一个镜头）烛光下，能才睡下了，睡在床中间，韶华放下了在能才腿部那一个方向的床帘一半。韶华斜坐到能才的床沿去，能才眼中的泪，快流出来了，看着床头，双手没有防卫地合放在胃上。

△韶华：（摸摸能才的额、发）睡吧。

这句话“正在说”，楼梯上已有脚步声，紧接着有人叩门。（他们未来的命运，是时代叩着门）——壳壳壳壳壳壳壳……韶华快速地去开门，只肯开一条缝，却被楼下的小妻子一冲冲开了，韶华一挡，不给她再走进来，就在门内两步的地方，小妻子哭了。

△小妻子：沈小姐，虽然我们搬走了，可是你是知道的，我男人是个好男人，没有不规矩，现在他给七十六号抓进去了，（哭了）讲他——讲他——是地下工作抗日分子——这实在是冤枉了他——我们听到消息——急得不得了——“大家”商量了一下，只有来你房里的那位先生——一定可以救他——（说说，跪了下来）

韶华此时，也回跪了下去，又拉小妻子起来。

小妻子是拖了小孩一起上来求的。（此时床上的帘子放一半，被能才由内悄悄地放了下来）她跪着顺手啪一掌打在小孩子脸上——

△小妻子：（对小孩子）跪下——求爸爸的命呀——

韶华慢慢起身，弯着腰，在小妻子面前，双手在拉小妻子——

△韶华：（同时）好，你先下去。（把那脸上突然有了盼望而不再哭、也站起来了的小妻子，关到门外去）

第三十四场

时：深夜。

景：韶华房内外。

人：能才、韶华、小妻子、小男孩。

小妻子被门坚决地关出去了。她在门外痛哭——

△**小妻子**：你房间里的男人，就是去告发的人——（叫）

韶华快步回到能才身边去，把他手一下拉到胸口——

△**韶华**：能才——这里你以后不能留了。

两人哗一下——生离死别般地狂烈拥抱起来。

依旧梦魂中

临江仙

（宋）苏轼

尊酒何人怀李白，草堂遥指江东。
珠帘十里卷香风。
花开又花谢，离恨几千重。

轻舸渡江连夜到，一时惊笑衰容。
语音犹自带吴侬。
夜阑对酒处，依旧梦魂中。

第三十五场

（空镜）

中华民国国旗，在空中迎风招展。

抗战胜利了。

（这种直接表现对待初中以上高中二年级观众可以，请导演再思，不然，下场对话中一句带出抗战胜利便可。）

第三十六场

时：斜阳黄昏。

景：韶华家。（阳台上？）

人：韶华、月凤。

韶华躺在一只柳条编织的“斜背椅”上，这张椅子（以前在镜头中出现过，是楼下丢在楼梯下翻过来摆的）有一个搁脚凳。

韶华躺在椅子上睡了过去，梦中的她，神色仍是凄凉。身上放着那件已经打到胸口的毛线衣（理发店中开针的那件），毛线针搁着，不交叉。手里握着的表，（手指上缠着表链）不荡，垂在腿边。有一片阴影，罩住了韶华的上半身，韶华太敏感，也不是真睡，缓缓张开了眼睛，如梦。（音乐偷偷流入了）（早已偷偷来）

△**韶华**：（对着镜头里，她正面的半个肩影）月凤，你——又——来——了。

△**月凤**：我——回——来——了。——因——为——他——走——了。这是你——生命中——（音乐。梦幻感。对话节奏感，混成一种“境”）第二个——男——人——弃你而去——（小声讲）——你所——热爱的。

（说这句话时，在讲到“这是……”时，月凤慢慢蹲了下来，开始把韶华的衣袖缓缓轻轻往手臂上推，手腕上，割腕自杀的疤痕露了出来，衣袖再往上推——慢慢地——讲到“弃你而去”那句话后，月凤手势一紧，露出了上手臂的疤痕——所——热爱的——）

△**韶华**：（做梦，说梦话似的，不是说给月凤听）我还是——爱——着——他。

（音乐。节奏。话。梦。混在一起的时空）

月凤顺手抄起那只能才的怀表，拿了一个地上放着的杯子，轻轻地打击——轻轻地敲——向后退——敲——

△**月凤**：当心——我们女人要——当心——韶华回来了——（哨）——（轻，节奏）——韶华回来了——（哨）——韶华回来了——（哨）——

（音乐在此段中如梦如幻如空如茫，有神秘不清楚的调，不起伏，但有节奏感。音乐与内心世界请求对位——女性失去男性心灵的“目标模糊”心态）

第三十七场

时：黄昏。

景：韶华房内外。

人：月凤、韶华、小妻子、小青年（偷袭能才的那个）加另外五七个青年人、余老板。

正当月凤轻敲着杯子，退向开着的门边时，已有一群人悄悄进了楼上。小妻子先出现，安静如鬼魅的。

△**小妻子**：章能才在哪里？我要他偿我丈夫的命。

韶华、月凤来不及反应，那一群人已经一涌而上。

（镜头下，韶华的房间，被砰一下关上了）（镜头卡在门外）

只听得，里面一片东西被打破、打烂、摔在地上……的声音。隔壁余老板在家。打开了门，一看，又关门，再开门时，余老板手中一把武士刀，双手斜举着，发喊冲向韶华紧关的门。他刚要去破门，门自动开了，那时，一群人走了出来，余老板呆住了，人群，看都不看他一眼，走了。

韶华房内已经没有一件完整的东西。两个女人，显然被打了。（留声机当然碎了，韶华以后的世界再没有任何音乐）

△**余老板**：真是无法无天了，以前他们哪里敢。就算现在抗战胜利了，也有国民政府来审呀，再说沈小姐这跟你有什么关系——

沈小姐，你走走看，走走看，有没有伤？

韶华把手一抹口角，呸出一口血水来。月凤已从地上爬起来，把个弄翻了的椅子，嘭一下往地上丢。（余老板对韶华明显的爱意，给他一个镜头）

第三十八场

时：斜阳黄昏。

景：河上。江南水道。

人：韶华、船夫。

韶华坐在小船中，“面向着河，背对着船夫”。有小箱子一只。小手提包一只。小手袋一只。放在身边。

夏天来了。韶华穿着浅蓝小碎花布的小圆领西式衬衫、窄裙。粗跟（半高、低高）皮鞋。裙子可以是米白色或白色。（色调全部转淡）

韶华的面容，被江南河水中映来的斜阳残晖，照出一种安静的光芒来。她的视线是一种“没有把握的希望追寻”。

但有旧欢新怨

永遇乐

(宋) 苏轼

明月如霜，好风如水，清景无限。
曲港跳鱼，圆荷泻露，寂寞无人见。
紞如三鼓，铿然一叶，黯黯梦云惊断。
夜茫茫、重寻无处，觉来小园行遍。

天涯倦客，山中归路，望断故园心眼。
燕子楼空，佳人何在，空锁楼中燕。
古今如梦，何曾梦觉，但有旧欢新怨。
异时对、黄楼夜景，为余浩叹。

第三十九场

时：黄昏。

景：容生嫂嫂家内外。

人：能才、韶华、容生嫂嫂出场。

斜阳下，小镇街上的房子。有外墙。有通街上的门。房子内有天井。

容生嫂嫂跟能才“对面对”坐在天井灶间的外面。中间隔着一个低低的小茶几。低到两人坐着时，弯曲膝盖的地方。能才、容生嫂嫂一人一把小板凳。桌上放着一个小脸盆，一堆要“择”的菜。

能才帮忙择菜，把要下锅炒的，放到脸盆里去。容生嫂嫂不知说了能才什么，能才把一根菜，很自然地向容生嫂嫂笑丢过去。

这一幅画面，被已然站在开着的大门外的韶华看在眼里。

毕竟女人就是女人。容生嫂嫂反应快，看见了门外的韶华。这一了然，向能才用眼光，轻轻下巴的一斜——能才方才看见了韶华。(音乐是悄悄溜进来的)

能才吸了口气，暗中吸了口气，站了起来，慢慢地，好似在斟酌这情况的来临——要怎么接受下来。能才向韶华迎上去时，不自觉地按了一下容生嫂嫂的肩。他走向韶华的那不过七九步里，还是把手，一只手，放入他那夏季月白色长衫内的裤子口袋里去。对于韶华，能才的感觉，“不是生活的”。

容生嫂嫂也是穿了白色短女式中国褂子。撒裤筒宽口长裤。布鞋。梳头。

整个画面色彩以——烟灰青瓦，淡黄泥墙，木质窗框——无鲜明色彩的中国乡城小调为主调。包括韶华的衣着，与画面都是不唐突的——淡夏。

能才与韶华面对时，是镜头由容生嫂嫂的主观位置拍看过去的。即使是他们两人对话，这镜头角度的取舍，将容生嫂嫂的心，也带了进去。是三个人的变化与交接。

△**能才**：怎么来了？（语气中掩饰着，掩饰另一句——你为什么来——的心情）

△**韶华**：我没有办法。（箱子都放下了，只拿了手提包）放心，我不会把人引来的。

△**能才**：我们出去讲话。（把韶华拉出去了，温柔地）我不是这个意思。

第四十场

时：黄昏。夏日的夜，还早呢。

景：小镇风光、街。

人：韶华、能才、小商店老板、摆摊子妇人、路人。

△**能才**：刚才那个女人，不过是房东太太，寡妇失业的——对我一向很照顾。

△**韶华**：（笑）我没有问你呀！（心想，好，你也不问问我分开以后过的是什么日子）（顺手拉过商店一匹放在路边的花布）

△**能才**：来，我给你买东西——（就自作主张走到店面柜台边去）老板——一尺多少钱？（又掩饰。哦，不要跟她深谈过去和未来）

△**老板**：一尺多少钱？买布嘛，起码八尺一件短袖旗袍——（唱歌似的）三千八——算你先生便宜——（一面自作主张哗哗量了八尺）——零头放半尺——大方啊——剪啦？

△**能才**：（能才一伸手，把老板的剪刀一挡）我们回来再剪。（能才没有经济能力了）

△**老板**：（马上板脸了）不必了。（说得又干又脆）

韶华在另一个隔邻小摊子看乡下女人的小东西。将能才与老板的对话，全都看在、听在眼里、耳里。她喊了——

△**韶华**：能才，我要这只顶针，还要红头绳。——你来买给我——

能才替韶华把红头绳给绕在手腕上了。（*左手*）那顶针被韶华当戒指带着，古铜色的。

△**能才**：好。买个欢喜给你。

（以上这几行，请导演斟酌，实在可以不拍进电影中去，只到韶华叫——你来买给我——就可以交代了）

演员提示：能才说的是："买个欢喜给你"。而当他看见韶华——那住在上海城内的大小姐时，内心所感受到的，已不是当年同样的情绪。他的无力感是那么明显，包括他的衣着、打扮，都已不再是当年那个坐汽车的人了。他看待韶华时，情感十分遥远，他很不明白韶华怎么不了解他这一年半来东奔西藏之后，人格上的变化。他忍耐着韶华，把她看成了一个没有长大，也没有经过风霜的女孩子，而不是女人了。

第四十一场

时：夜。

景：容生嫂嫂家的一间厢房。

人：韶华、能才、容生嫂嫂。

烛火中，白色蜡烛。旁边又点了一盏小菜油灯（城里小姐来了，明晃晃的蜡烛也点上了）在个八仙桌上。

韶华在乡下房间里开箱子。看看衣服也没有地方挂。能才的一些衣衫是平放在床尾的，那种中国式的老床——被什么人的手，折得十分方正。墙上自然也有钉子，勾着薄外套什么的。房内有一个洗脸架，有乡土味的大花毛巾和一盆清水。

能才坐在房内向门边的竹椅子上，不靠下去，两只手肘压在膝盖上，双手合着，两膝微微分开，一副乡下男子的坐姿来了。

韶华把箱内的衣服，一件一件拿到床上去放出来。

△**韶华**：其实丢掉那些东西倒没有舍不得，就是那架留声机总算妈妈的纪念品，卖了倒是心痛——后来我又想——以后跟着你——东奔西跑的——东西越少越好——（韶华隐瞒了被打的事情）

△**能才**：（被逼着表明情况了，他实在想拖几天的。可是韶华那副“跟上来一辈子”的话，已经讲出来了）韶华，你要来住多久？

△**韶华**：（两手正又拿出一件衣服来，那能才没有带走的“八字

命书”已然在箱中出现）（镜头请仔细）多久？（迷茫了，把衣服抱在胸前，停了动作）我“一家一当”都来了啊——！

这时容生嫂嫂走往大门口，穿过天井，向街上的大门走去。能才放掉了韶华，快步走出去了。外面没有灯。两人的戏，镜头由韶华主观位置先取过去，韶华的心，被带进去了，而人不出现。

△能才：（把容生嫂嫂经过的墙一挡，用手臂）你去哪里？那么晚了？（低声地）

△容生嫂嫂：（声音中有委屈）我去阿哥家住几天。（也很坚决地，受了欺负似的，一定要走，她从能才手臂下挤出去，也是不敢出大声，怕韶华听见什么动静）

△能才：你这个傻瓜。（声音轻轻的）

那一声“你这个傻瓜”不正是能才初吻韶华时说出来的话吗？

韶华的“八字命书”，红鲜鲜的，在一支白烛上烧，能才一回房，看了上去要抢，韶华伸手一挡，那副凛然的神情叫能才愣了半秒，再上去抢命，韶华把窗一推，把那连火烧着了半张的命书加上蜡烛，全都丢到窗外去。

雨，在窗框上啪一下沾了进来。

（音乐，孤单，无奈，没有明天，但是要有张力的——没有明天。）

菜油灯发出那么微薄的光芒。房间的老床上，没有被褥。是夏天。有粗席子。

韶华向里睡，背着能才。睡成子宫里婴儿的样子。能才平躺着，两手放在颈子下面。两个人保持着距离。韶华那么孤单——那么孤单——那么孤——而能才——不给人这种感觉。

（镜头运用请一定与剧中两人心情——“对位”，请——将那——

“张力”——饱和到不能再忍下去）才让能才说话——

△**能才**:其实——我不过是个要吃饭的人——韶华,我当不起你。(哽咽、无奈)

△**韶华**:(伤心欲绝。没有马上回答。等了三秒)(平静下来了)章部长——你的那口饭很真诚——一个没有饭吃的人，还能够讲什么担当吗？（慢慢讲，伤心欲绝）

△**能才**：韶华，你这样不公平。这一年半来，我东躲西藏的成了什么样子。

△**韶华**：公平？（气极）你怎么敢把对我讲的话对别的女人去讲。

△**能才**：说什么？

△**韶华**：说“你这傻瓜”，这是你把我抱在怀里的时候讲的话。

△**能才**:这没什么,你不要认真,再说她不过是个房东太太。(含泪了)

△**韶华**：你在那个女人面前也这么讲我？

△**能才**：没有。(指胸口）在这里，她不能跟你比。

△**韶华**：你知道我到这里来是为了什么吗？是为了爱你（语中已带哽咽)。可是从你看见我到现在，可有说半个爱字？你还要说我不公平，还拿我跟别的女人去比，你眼睛里都是别的女人（哽住了)，我的眼里，只有你——

韶华慢慢坐到床沿去，一面讲一面摸皮包，一面穿鞋子，一面哗一下子冲出房间，冲到天井里去。能才追得也快，顺手撑起一把雨伞,撑开了,去拉韶华。韶华一把抢过纸伞,把它给撕了——

△**韶华**:我沈韶华，什么时候要人给蔽过雨了？（带哭声、倔强）

韶华推开能才，返身就跑，能才追，韶华一沓扎好的钞票，向能才迎面丢上去，能才一愣，看钞票时，韶华已在大雨中打开大门，狂奔而去——

第四十二场

时：深夜。

景：小水乡镇中无人的街道。

人：韶华、能才。

韶华看见能才发足狂追，一转弯，躲了起来。

大雨中，能才在雨巷里，盲目地寻找而不得。

第四十三场

时：日、夜、日、夜。
景：玉兰婆婆的乡下房子里。
人：玉兰、婆婆。

O.S.（韶华的声音）：玉兰终于跟春望结了婚。春望把玉兰带回乡下，将她交给了春望的母亲。好不容易，日本人走了，春望却没有回来。人说，春望又去打别的仗，是自己人打起来的。这些——玉兰不明白。

玉兰病了，一直好不起来。是当年太太那一脚给踢的，留下来的毛病。

婆婆很着急，也很疼爱玉兰。这使得玉兰心里更急了。

（旁白同时）（镜头下）玉兰在乡下一个没有边，没有顶的床上发乱梦。头摇来摇去。婆婆替她擦擦冷汗，又擦擦自己急出来的老泪。婆婆煮中药，婆婆喂药。婆婆对天拜。求。玉兰时醒，时昏睡。日里看见婆婆忙。油灯下，看见婆婆守住她。日里又见婆婆替她盖好一床破棉被。夜间婆婆披了破棉衣，踞在床边。（交叠镜头）

第四十四场

时：日。
景：倒回韶华父母老家（被关住时的房间）。
人：韶华。

韶华又出现在她父亲关住她的二楼高房子里去。在那写满了字的四面墙里，韶华专心地在滤稿。

韶华用右手在戳自己左边肩下的手臂，身体摇晃，前后摇晃——摇晃——

衣袖上化开了一摊墨水渍。

（此处镜头在第二场中曾经出现一次）

人生底事
往来如梭

满庭芳

（宋）苏轼

归去来兮，吾归何处？
万里家在岷峨。
百年强半，来日苦无多。
坐见黄州再闰，儿童尽、楚语吴歌。
山中友，鸡豚社酒，相劝老东坡。

云何，当此去，人生底事，来往如梭。
待闲看，秋风洛水清波。
好在堂前细柳，应念我，莫剪柔柯。
仍传语，江南父老，时与晒渔蓑。

第四十五场

时：日。

景：一条很狭很破的小弄堂。

人：月凤、一个男人的身影（小勇出现）。

月凤在一条弄堂中张望门牌。(一个男人的背影在镜头中卡入)当月凤确定了是她要找的那一个门时，男人把衣箱——为她提的，放下了。

两个人手一交握，拖了一下，放掉。男人走了。

第四十六场

时：日。

景：地下室内、楼梯。

人：月凤、韶华。

月凤提着她的箱子，往一个向下的楼梯走去。在那空荡的地下室里，韶华，躺在两条板凳架出来的一块木板门的床上。面对着被雨水浸渍出印子来的湿墙。

床上除了韶华之外，在靠近缩着的膝盖边——一只小洗脸盆中，放着一只牙刷和一条小手帕式的毛巾。

韶华又缩成子宫里睡着的样子。头，枕在小手袋上。月凤放下箱子，注视着那孤单的背影。那背着她、不看人的韶华。想拉下肩上披的一块围巾替韶华盖上，可是，月凤如果不去拥抱韶华，自己就要大哭出来了。

月凤轻轻上了床，把上半身去贴上韶华的背脊。月凤胸前挂着的鸡心，荡到韶华脸上。

韶华一把握住了那颗鸡心。

（镜头在此卡掉）

第四十七场

时：日。

景：韶华家内外、旧家、以前与能才相会的小楼。

人：能才、新的房客、房客妻子、小孩、老太太。

穿着长衫的能才，又推开了那一年半不再去过的韶华小楼。他直直地走上去，正对着那开了房门的老房间。一个老太太在楼上浴室门外煮一锅汤。韶华房内，住了一对陌生的夫妇，在给小婴儿洗澡。屋内非常“家庭生活化”，奶瓶、尿布晒了一屋。已全然不是韶华当年的房间布置了。

△**老太太问**：……先生找谁？（向屋内喊）阿四，可是你朋友来了？

能才看见韶华旧屋中玻璃都没有了，被报纸糊了挡风。墙也打成剥落了，没有再粉刷。门也破了，被一块薄板钉了补起来。那位老太太的儿子过来接待能才。

△**能才**：（安静地）玻璃怎么都破了？

△**男人**（新房客）：我们搬来就是这副样子了，说是以前一位房客，姘上了一个汉奸——伪政府替日本人做事的——胜利以前，那个汉奸就逃走了，住在这里的女人，被邻居打了一顿——房间嘛——成了这个样子——我们也没有配玻璃——（这时能才方才知道，

韶华曾为了他被羞辱）

△**新房客**：先生找谁？

△**能才**：以前那位——那位小姐——

△**新房客**：（突然警觉了）那么，你不要就是——那个——（脸色变了，盯住能才看，尖锐地）

这时楼下房东太太探头看，见是能才回来了，吃了一惊。笑说着上楼来——

△**房东太太**：章先生回来啦！嗳，沈小姐为了你，吃了好多苦，这你是不晓得的——来来——我带你去找她，现在嘛，她租了我另外一个房间里，就是条件差了——走路就到了。

第四十八场

时：日。

景：地下室。

人：月凤、韶华。

在那幽暗凄苦空洞的地下室里，月凤架起了生病的韶华。

（镜头由下往上取）

月凤右手伸过韶华的胁下，架着她。另一手提着自己的箱子，那只孤零的小脸盆，在箱子外一只网篮中跟着走了。

月凤吃力地拖着韶华，即使跌跌撞撞的也绝对不放手，把她的好朋友向楼梯上、有着光线照射的门外，尽力拖上去。

小雨又下了起来。

第四十九场

时：日。（雨天）

景：往韶华地下室去的途中。

人：房东太太、能才、月凤、韶华、新房客、情治人员。

△**能才**：你确定，沈小姐就住在这里？（很紧张了）

△**房东太太**：我租给她的嘛——哪——前面那第三个门，右手边，就到了。

这时，有声音在能才身后说——回身一看，是那接了韶华房间租下去的新房客。还有另外一个人。

△**新房客**：跨到墙上去，背对着我们，手举起来。章——能——才。

能才没有反抗，面向着墙。双手放在墙上。（这时，在细雨中，月凤和韶华的黄包车，被雨布半掩住了，正由跨在墙上、给人搜身的能才背影边，慢慢错过而不觉）那时房东太太跑了。

△**能才**：在你们带我走以前，（很平静地）我可不可以去看一个人，只要五分钟？

△**新房客和情治人员**：休想。

能才突然推开了他们，往那“房东太太”指的那扇门狂奔过去。人，追上来了。能才跑得突然，人追得慢了半拍——

第五十场

时：日。

景：韶华的地下室。

人：能才、新房客、情治人员。

能才冲进地下室，韶华的痕迹，一无所有，空空荡荡的地下室，只有韶华常用的几张稿纸落在地上。稿纸上写了字，满满的字。

能才扑上去看那稿纸，只见他看了一下，发了狂，把稿纸捏成一团，往口中塞进去。

这时，追兵也来了。一看能才吞纸，打他、捏他、挖他的嘴，把纸张拉出来。

追人的人急看稿子内容，只见稿纸上，翻来覆去，只写着一句话——“玉兰终于跟春望结了婚，玉兰终于跟春望结了婚，玉兰终于跟春望结了婚……”

在他们弄不明白的时候，能才推开他们，踢了，打——逃了出去。

第五十一场

时：下午。

景：一家银行外的街上。

人：月凤、小勇、排队狂挤的人群。

月凤跟男朋友，排在人群里。那份人叠人的挤，好似已将人叠成了“一串桎梏”。每个人被迫抱住前面人的肩膀，为了能够呼吸，人的脸不可能被闷在前人的脖子上去，所以全都侧出脸来对着镜头。那“一串人链啊”——脸上一副逆来顺受的表情。他们一致望着队伍的前方。每个人都在手臂上或是吊着大布包，或是提着小箱子，或是抱着一个纸盒，或是两脚夹住方长箱子，那手臂扳住前面的人，又同时得顾东西，有人帽子挤掉了，不能弯身捡。有人脚上一只布鞋，有人被挤得脸上露出惨笑来。有人抵在前人的肩上，好似挤昏了过去。（大时代镜头交代）

人潮在不能控制中一波向前，又一波向后。波动来时，怕摔倒而叫的声音，就来了。

月凤和一个青年，她又回来了的男朋友，也在“人链子”里面挤，那人拦腰抱住月凤，月凤扳住前面人的肩，又有人扳住抱月凤男子的肩。挤呀——挤呀——看呀——看呀——队伍好似没有动。月凤和那男子中间，又夹了一个麻布口袋，扎好的。这时有声音在叫——不换了！今天不换了！打烊了——不能再换了！人潮，队伍一时怅然若失。散了。月凤跟男朋友呆站着。走散的人——心——惶惶。（惊心动魄的，挤和怕）（大时代动乱）

同时：（电影中又在拍电影）

O.S.：各位观众，这是美国“国家电影公司”在中国实地为你拍摄的“新闻电影”报道。

中国国民党与中国共产党之间数十度谈判分裂之后，中国内战而今已到如火如荼的地步。

虽然整个经济制度仍然控制在国民政府手中，可是目前经由国民政府发行的金圆券正在面临全面性的大崩溃。中国目前的物价，每小时都在变动中，百姓不再相信纸币，只相信银元和黄金。过去每八万元金圆券可兑换一元银元，而今每一百万金圆券以上，方能换到一枚银元。你所看见的画面，是国民政府为了安定人心，稳定政局，在前日发出消息，说：“人民可将手中快速流失价值的纸币，在政府指定银行中再度合法兑换为黄金。”这个消息，引来了成千上万的人潮，据说这场“兑换黄金事件”已经挤死了若干民众。请看在摄影机下的真实纪录，这是中国内战新闻之外，另一经济崩溃的事实报道。兑换黄金的消息，并未被官方证实，而人群仍在不断地增加中。事实上五千元一张的“金圆券”在今日社会中，已成废钞——

以上是美国“国家电影公司”在中国实地为你拍摄的“新闻电影”。（大时代惊心动魄的快速播报）

醉笑陪君三万场

不诉离伤

南乡子

(宋) 苏轼

东武望余杭，云海天涯两杳茫。
何日功成名遂了，还乡。
醉笑陪公三万场。

不用诉离殇，痛饮从来别有肠。
今夜送归灯火冷，河塘。
堕泪羊公却姓杨。

第五十二场

时：下午近黄昏。

景：韶华、月凤家中。

人：韶华、月凤、小勇。

(O.S. 开门声)

韶华还在写稿，那镜头下，“韶华明显地在用已经写好稿件的反面在写”。火柴盒堆了一桌子，韶华只占用了桌子的一个小方角。

月凤进来了，韶华没有抬头，仍在专心地写。月凤拉着门柄，对外面说——轻轻地哄——

△**月凤**：你进来呀——不要怕她——进来嘛!

韶华这才斜看了一下房门。月凤在对空气讲话，门外空空的。这时,一个手里拉着麻袋上端的稚脸青年被月凤一扯胸口(亲昵地)衣服，拉了进来。那一口袋的金圆券，哗一拖，由裂缝中掉了出一些散票落在地板上。

△**月凤**：(啪，打一下小勇的头)叫人呀!

△**小勇**：(冷不防被月凤一拍，拉下帽子捏在胸口，急喊)岳母大人!

月凤大笑起来。(快接话，又笑又说)

△**月凤：**神——经——病。

韶华并不笑。

第五十三场

时：夜。

景：月凤跟韶华的房间。

人：月凤、韶华。

在幽暗的“美孚煤油灯”下。月凤和韶华挤在一间分开放着两张小木床的房间里。除了那靠窗放的方桌子之外。室内可以说没有了转身的余地。二楼弄堂房子中的一间。火光下，月凤又梳上了辫子，显出那份抗战时吃苦耐劳实在的外表来。

月凤在灯下专心地糊火柴盒子，地板上一个大纸盒，里面放着材料，桌上堆了好多好多小盒子，一沓一层的——深夜了，窗外的邻居都已没有了灯光，这两个好朋友的窗帘，是一片蔽不住整面窗户的一幅围巾，意思意思挡掉了下半面玻璃。

为了赚取生活费，两个人，在深夜里还在“美孚灯”下做手工，月凤一面糊一面说——

△**月凤：**（低声地）你以为他是为了我回来上海的吗？（手不停地）他嘛——救国——新中国——救到上海来闹学潮了——我清楚得很。（喝一口茶杯里的水）这个乱世，喝一杯茶，放三片茶叶，都是——哦——奢侈——（亲一下杯子，啵！）

韶华糊得很慢，心不在焉的。也不答腔。月凤开了电灯，快速地一五一十清点做好的盒子——点好，立即关灯。

△月凤：哦——五百八十个——好——半只鸡蛋钱出来了——（又不当一回事般放起不在乎的烟雾弹了）好，我们再糊，再糊，等到明天天亮——哗——三千万个——嘿——连十颗米都买不到了——通货膨胀——世界末日——人心惶惶——哎呀——（唱起小调来）春天里呀百花香／暖和的太阳在天空照／照到了我的破衣裳……好——吃饭——吃饭——（又唱下去）老板娘做着怪模样——（拍韶华脸颊）——好了——好了——别做怪模样——（语气软了）吃饭好不好？（不行，这样太拖戏，请导演下剪刀）

韶华没有反应。火柴盒被当心推到靠窗边去放了。两碗粥，一盘咸菜就是她们的菜饭了。

月凤放下了饭碗，突然对着低头索然的韶华。向她举起一颗糖炒栗子——

△月凤：（好起劲的口气喊）看！好大的米哦——（轻）我偷来的。

韶华还是没有反应。月凤把电灯又啪一开——（大喊）

△月凤：（筷子拿在手里，张望）——咦——苍蝇——（作状向空中用筷子一夹）——（再向地上一摔）——死了——（忍住笑，等韶华反应）

韶华也不反应。

△月凤：哦——你真有功力。（放弃再逗韶华）

月凤站起来，把自己的稀饭倒回半碗到锅子里去，（锅在桌后一条靠墙的齐腰小狭柜台上）一面倒一面骂——自言自语。

△月凤：为了一个死破男人，三魂七魄都不见了——嗳，值得吗——好，你就像呆子一样坐下去好了——

说着说着的同时，在她身后有了“咔”的一声，月凤猛一回头，看见韶华在咬糖炒栗子。

△**月凤**：（紧张又欣喜）饿了吧！（把韶华的稀饭快捧到她口中去了）快吃——热的。

△**韶华**：（剥开栗子，对着月凤的嘴）张开呀——（韶华不笑）吃下去。

月凤受了催眠一样吃了起来，不知所以然的。

△**韶华**：好。心——给——狗——吃——了。（脸上已然藏笑）

月凤当然联想到她自己在烫头发时，啵一下把栗子丢到口里去——骂她男朋友没心没肺的那时光景——呸！心给狗吃了！（来！吃栗子）这一下大笑起来。大笑起来。

月凤扑到韶华的身上去，两个至死不渝的朋友，相拥大笑——笑——笑——笑——笑——笑哭——哭——哭——哭——大哭出来。

（不行，这样太拖戏了，请导演下剪刀）

第五十四场

时：中午。

景：月凤、韶华家中。

人：韶华、月凤、小勇。

桌上的火柴盒子被搬到一张单人床上去乱七八糟地堆着。靠窗放的方桌正好坐下三个人。韶华坐写稿原位，小勇坐韶华对面，月凤没坐，站着打横。她在添稀饭。

△月凤：好。（口气好起劲哦）吃饭嘛——是最真诚的事情，我们三个人呀——今——生——今——世——都要在一起吃饭。（顺手放下一小碟咸鸭蛋，被切成四份）——至于救国嘛——（顺手拿起一瓣连壳的咸蛋）（往小勇稀饭里一丢）——放你——一马。（啪，又打一下小勇的头）（一旁韶华听了，联想能才说过的话：我不过是一个要吃饭的人）

那小勇，正端起碗来要吃，那带壳咸蛋飞入碗中又同时被“亲爱地”一打，打的又是他的“救国”，这一下，慢慢心虚地放下了碗。

△月凤：（一拂小勇的头，不打了）你吃饭呀——（向韶华说）我就跟他讲，在你救国救死以前，先把你这一大堆（用脚用力去踢麻布口袋）——金圆券——呸！废钞——为——我们（指自己和小勇）——去换一条可怜的床单——（又兴奋了）结果呀——

挤在前面的前五个人——跟挤在后面的那五个人——什么东西的价格都涨了十倍——我想——好吧——买不到双人的，单人的也算了——结果那个死店——好大的死公司——居然说打烊——死发国难财——（用手背一擦头好像才挤出人链子似的）

△韶华：买床单？要结婚了？（含笑，平静的倦眼书生中看一切）

△月凤：结什么婚嘛！（又去打了一下吃饭的小勇）不过是——给我们——（指天花板，两架小床天花板顶上）这边一个钉子，（又往另一方向指）那边一个钉子——把两个床，哗——用布一拉——隔起来——（想想不对，对不起韶华）（一指小勇）——把——他——搁在——这边。

月凤说着，把自己的板凳一下子搬到韶华身边去，用手一抱韶华。

韶华看见小勇那碗可怜的稀饭又要慢慢放下来了，笑得把碗嘭地往桌上搁。（韶华再度联想能才：韶华，我当不起你。）

第五十五场

时：黄昏将尽。

景：韶华、月凤家门边。

人：月凤、小勇。

月凤在关门。她的手伸到门外去。月凤的手跟小勇的手拉着舍不得似的，拖着在放松。

△**月凤**：（轻声，满是柔情）我换衣服——外面等着。

第五十六场

时：将来临的夜。

景：韶华、月凤房间。

人：月凤、韶华。

月凤要出门之前，看了一看自己身上的粉红底夹大花外套，犹豫了一下。抓起墙上挂着的另一件小蓝底白花外套（可以是夹袄）——

△**月凤**：好，就穿你这件。（注意：在此月凤换上了韶华的衣服）

韶华看见那又一度燃烧起来的月凤，起了一丝说不出的隐忧。

△**韶华**：月凤，留在家里，不去管闲事。（她在收拾碗筷）

△**月凤**：是他要去的。（无辜的口气，指门外）

△**韶华**：（正色）你留下来。

△**月凤**：是他的主意嘛！

△**韶华**：（盯住月凤）（三个人吃过的六支筷子握在手里）你们去开这种反政府的会议，有没有危险？（盯住月凤，看她——）

△**月凤**：有呀！（也正经了）（又慢慢讲到笑）我们女人——碰到心爱的男人——就有很大的危险——（以上句子都在笑中有泪似的）——怎么没有？我们这种——嗳——女人——（在扣外套的扣子了）如果逃得掉——男人的魔掌——就在——快——乐——天堂——了——

（手指在快——乐——天——堂四字出来时，按着语气节奏，在门板上喀喀喀喀地——打）

韶华听见这些话，直直地盯住月凤，韶华脸色不好，一种很大的恐惧，在她心里滋长。她盯住月凤，好似要把月凤看成永——恒。

△月凤：韶华！（正视了韶华一眼）（笑）——我们——（把手掌由胸口向脸上一举，慢慢笑挥出去）——活该！

（月凤最后一句话的表情，在镜头下，含笑，手一挥举到了肩上，好似在向韶华说——再见！）

禅心已失人间爱

虞美人

(宋) 苏轼

归心正似三春草。
试著莱衣小。
橘怀几日向翁开。
怀祖已瞋文度、不归来。

禅心已断人间爱。
只有平交在。
笑论瓜葛一枰同。
看取灵光新赋、有家风。

第五十七场

时：夜。

景：韶华房间。

人：韶华、月凤、谷音。

韶华又做好了一小沓火柴盒。（镜头带入）

油灯摇晃的深夜，韶华并不上床，只拿手肘靠在额前休息——月凤不回来，她是不能放心的。起初，韶华是惊醒的，一吓，就以为是月凤回来了。

韶华睡了过去，手肘一松，碰到了一沓沓的火柴盒，有盒子掉到菜油灯里去，火，烧着了那幅平拉的小窗帘。（镜头取取看，桌布也可以）

这时月凤从黑暗中扑了过来，摇韶华——

韶华在同时醒了，一看见燃烧的火，赶快把着火的布拉了下来——全室暗了。

△**韶华**：（做梦似的）月凤！月凤！

韶华摸着开了灯——

门，被慢慢地推——开——了——月凤 ?!

进来的是脸色很不好的谷音。她对门外说。

△**谷音**：老古，你看着点。（老古在外看风声）

在谷音走进来的同时，韶华退了一步。

△**韶华：**她死了。（盯住谷音，不是求证，是肯定。）

△**谷音：**你先坐下来。

△**韶华：**她——死——了。（肯定语）

△**谷音：**你坐下来。是死了。

谷音去按韶华的肩，被韶华轻轻推掉，不肯坐下去。

△**韶华：**她怎么死的？（——我早就知道了——）

△**谷音：**被围住了。开会的学生拼命往外冲。军警就开了枪。

韶华眼睛发直，伸手取了墙上月凤留下来的外套，谷音眼中满是哀悯，伸手想拉韶华，韶华没有看见——

△**谷音：**这么晚了你去哪里？

△**韶华：**我去出事的地方看看。

△**谷音：**韶华，那里什么都没有了——我们不方便陪你去——

△**韶华：**我还是——（如同行尸走肉一般直直地瞪着眼，走，走，走）去找她——

第五十八场

时：深夜。

景：韶华住家楼梯。

人：韶华。

韶华往楼梯下走，走，走——

△**韶华**：我还是——去看看。

这时的韶华，没有眼泪，没有哭腔的。

第五十九场

时：深夜。

景：街上。

人：韶华、月凤、小勇、老校工。

韶华已成了失心的疯子，在深夜无人的街道上喃喃自语。

△**韶华：**破小孩，不是叫你不去管闲事的吗？为了一个男人——掏心掏肺的——你值不值得？（此时韶华走路膝盖都不会弯了）

那小勇跟月凤去开会的学校门口，已经在眼前了。韶华看见月凤和小勇两个人靠着在墙上。小勇还把手肘撑在墙上，一双腿轻松地交叉站着呢。

△**月凤：**（很无辜的样子）可是我们女人不把心掏出来，就不能活啊——（快乐地笑）

△**韶华：**你活了没有？活了没有？（接近疯狂）

△**月凤：**（笑）我们又没有死——（指小勇）他把他——的——心——给了他的——梦。（手往远处极空茫的盲点一指，眼神中也看不到的梦）我把我的心——给——了——他——（往小勇心口轻轻一点，然后一举双臂抱到小勇身上去）

小勇始终同一个姿势，不动。（戏剧性，不生活的样子）

韶华在月凤抱向小勇时，向月凤抱上去，抱的是一个空，可

第六十一场

炮火。

共产党军队渡江不交代。

炮火。

第六十二场

时：夜。

景：餐厅。（能才与韶华以前去的同一家）（没有玫瑰花了）

人：余老板、韶华、小提琴手、远处的茶房、能才。

（嘭！炮声）

（这时候镜头下的韶华发型也变了，打扮伧俗，神色尖锐得好像一把刀片。）

△**韶华**：我怎么会离开你？讲得明白点，（笑）余老板——我已经不是当年那个小孩子了，离开了你——发国难财的——我有这口饭吃吗？（再笑）不看外面成千上万的乞丐？——我不是那么不明事理——余老板——不是你——我跟他们有什么两样——

△**余老板**：沈小姐，沈小姐，你不要这么讲你自己。我心里难过——

△**韶华**：你难过？我倒不难过——好，叫那个洋琴鬼滚开！（挥挥手）——你喝汤不要那么大声，听了难过——

△**余老板**：没有关系。（慌张失措的，又有些窘迫）

△**韶华**：你没关系我有关系，看你的吃相——

△**余老板**：（把餐巾一丢，站起来，作状要离桌）你——

△**韶华**：你哪里去？

△**余老板**：我去——尿——尿。（用词不再文雅，发牛脾气了，小孩子一样）

△**韶华**：（指指余老板的位子）不许动。

余老板完全被韶华所指挥，居然如获大赦一般又坐了回来。

△**韶华**：好，这顿饭，是余老板，你用生命一样宝贝的袁大头给付账的。你给我吃下去，不然——我心疼。（笑）

△**余老板**：讲起袁大头，沈小姐，这个时局可真不得了啦，共产党就要进城了，你听这炮声……经济也大崩盘了。就是日本人在的日子，通货膨胀也不是今天这个样子，打仗打得人都快饿死了。（音乐变位了）

（此时镜头已由韶华主观镜头带到餐厅的玻璃外面去了，韶华根本不在听余老板讲话。玻璃外，好似有一个似曾相识的身影，在向内张望，又走开去了）

韶华把椅子一推，向门口走去。脸色有些紧张。

△**韶华**：我去去就来。

△**余老板**：沈小姐——你——

△**韶华**：你——坐。（一指余老板的位子，余老板像中了催眠术，站起来的姿势又跌成坐了）

（嘭！炮声又打了进来——）

又何曾梦觉

永遇乐

（宋）苏轼

明月如霜，好风如水，清景无限。
曲港跳鱼，圆荷泻露，寂寞无人见。
紞如三鼓，铿然一叶，黯黯梦云惊断。
夜茫茫、重寻无处，觉来小园行遍。

天涯倦客，山中归路，望断故园心眼。
燕子楼空，佳人何在，空锁楼中燕。
古今如梦，何曾梦觉，但有旧欢新怨。
异时对、黄楼夜景，为余浩叹。

第六十三场

时：夜。
景：街上。
人：韶华、能才、人群。

韶华在追一个佝偻的身影，追得跑过了那人一小步，方才停住，正对着那个低头看着地下走路的人。空气中冷冷的秋味。

△**韶华**：（意味深长地抿了抿嘴唇，接近笑了）

章——部——长——别来无恙？

△**能才**：（抬起头来，惊见是韶华）怎么？连——你，也要抓我？（细细的雨，下了起来）

韶华听见这句话，打开皮包，掏出烟盒子，点烟，吸了一口，吐烟同时，把烟蒂就按熄在盒子上。

△**韶华**：（惨笑）你真了解我。

△**能才**：（嘲笑）在那里面（下巴指向餐厅）吃一顿饭，天文数字了吧？（也是想起从前时光的黯然）

△**韶华**：那重要吗？（语气中接近讽刺，又痛心）

△**能才**：是，那不重要，逃命都来不及了。

△**韶华**：对，你是个要吃饭的人，你是个要逃命的人，你都对——部长。（这时，看清楚了能才潦倒不堪的样子，语气突然转了，手

伸上去摸了摸能才的头发）——怎么这副样子了——（柔情再出）

能才被韶华的手轻轻一碰，突然崩溃，一把握住韶华的手，放到自己脸上去。能才不敢抱她——

△**能才**：原来我还活着。

韶华听见这句话，啪一下打了能才一个耳光。

△**韶华**：好吧，你一开口，总是想到你自己，你有没有想到——我们——我们是怎么活过来的？（此时已经叫了起来）能才，（拉起能才来了，情绪带到月凤的死）月凤没有活下来——她死了——是我——亲手把她洗干净的——是我，替她换了衣服——是我——把她的伤口一个一个用棉花填起来（声音又高起来了）——是我——替她做的——坟——（狂叫的）

讲到“替她做的坟”时，能才一把将韶华抱进怀里去。

△**韶华**：那时候——你在哪里——你在哪里——你在哪里？——（方才痛哭出来）

能才紧紧、紧紧抱住韶华，恨不能——

这时，已有数十人的脚步声由街角奔来，叫——

△**人声**：快——在那边——

△**能才**：（以为有人来捉他了）韶华，“听着”——我实在是爱你——

人群哄一下从两人身边冲过——

△**人声**：快——里应外合——抢电台——新中国万岁——

能才与韶华，惊魂未定，惨笑起来。知道他们不是目标。

△**韶华**：你终于讲了（我不相信）。

△**能才**：不逃了。（抱住韶华，用生命在拥抱她，叹口气）死好了。

第六十四场

时：深夜。

景：上海街上。

人：路人、能才、韶华、军队、士兵、小妻子（以前住在韶华楼下的）。

又有炮声由不远的地方传来，中共军队尚未能占领上海，城市中已被安放了铁丝网、拒马。行人被军人指着刺刀，搜身。坦克车停在远远的街边。气氛逼人。

韶华和能才与路人一起在排队，预备通过关卡，军人在“和平地搜身”。能才一直半拥着韶华，也不躲避人的眼光，也没有人注意他们。

△**能才**：（低低的声音）韶华，我们离开中国吧。（忍不住又抱）

△**韶华**：这是讲讲而已。到了国外，连踏个脚印子，都不是自己的土地。我们活不好。（拉能才衣襟哽咽）

△**能才**：以前，我逃国民党，现在共产党又要来了——我这种人——活着就为了逃难。（感伤，紧一紧怀抱中的韶华）你——韶华，从今以后，就是我的故乡。

（此句话说出来，韶华的生命终于得到了完成。演员表情请参考）

此时，能才已被国民党设下的路障关口的士兵搜了身。韶华的皮包也被翻了，大衣拉开了，又被一挥手，他们过关了。排在后面的人，又被安静地搜。

排在队伍后面的小妻子，也被打开一个布包，搜了之后，那个小妻子蹲在地上扎口袋，一抬头的同时，能才回了一下头。小妻子呆了。她再看——沈小姐，在这男人身边。

△**小妻子**：（*向士兵一指能才的背影*）（*叫*）汉奸——那个人是——汉奸——抓他——

士兵根本不理小妻子，用枪托把她轻轻推开，口里向下一个等待被搜的人——

△**士兵**：下一个。（*平板的声音*）

小妻子眼看能才要走开了。看人不去抓能才，想了想又叫——

△**小妻子**：那个人——共产党——他杀了我的丈夫——

一听叫出来的是“共产党”，士兵喊了，叫了，狂吹哨子了，另外一边街口的人马狂奔过来了，一辆军车向能才、韶华的方向开去——

△**韶华**：（*一推能才*）快跑——

能才发足狂奔，韶华往相反的方向，迎着开来的吉普车舍命扑了上去的同时——

O.S.：（*老古的声音*）韶华，不要怕，这个吃人的旧社会，快要被一个充满朝气的新中国代替了。

韶华的身影在车子前方，倒了下去——

第六十五场

时：日。

景：出版社。

人：老古、谷音、韶华、余老板、老古小孩子。

(接上场 O.S. 老古声音)

△**老古**：我们这些旧式文人——尤其是你——你来自一个帝国主义买办家庭——你曾经有过一个汉奸爱人——你的文章里——老爷——丫头——春望——玉兰——全都是剥削阶级的烙印——韶华——你需要深刻的改造——时代不同了——你，好好检讨自己。

△**韶华**：我以后不写了，总可以吧？（声音受吓）

△**老古**：可是，你已经写了呀！（铁证如山的平板声音）

韶华全身都是青紫，头发完全散着，半躺在出版社办公室中暂时为她搭起的小床上。谷音拿着一条毛巾，从洗脸盆里沾水，为她擦洗。

△**谷音**：唉，也不是老古要吓你，跟你讲过多少次，你都不注意——那个人，不是早就是过去的事情了，怎么又去搞在一起——（小声了）现在大家没空，再过几天，上海保卫战不打了——看——叫他死无葬身之地。哪个党来也饶不了他的。

余老板提了两包礼物，已站在开着的门口了。

△**余老板**：老古太太，我来看看沈小姐。又来麻烦了你，对不起，对不起——（弯身）

△**谷音**：（看了余老板一眼）（长长地叹了口气）嗳——又来了——好——老古——小孩子——我们进去。（顺手搬走了洗脸盆）

△**余老板**：（看着谷音全家进入内室，小心翼翼地拉了椅子坐在韶华对面）阿弥陀佛——总算不幸中的大幸——小伤、小伤——今天看上去气色还算好——（回头看谷音房中方向）（又靠近了韶华一些）沈小姐，我有一句话，你听了不要怕——我是跟国民党军队做补给生意的。现在眼看他们快撑不住了，我是死在眼前——现在还有一条船，最后一条了，可以载些政府公务员离开，我花了好多金子，买到两张“船票”，都是假名啦——沈小姐，（已然蹲近床边）我对你，是“一心一意”的，知道自己配不上你。（伤感）——可是乱世嘛，离开了上海，我们——我们，也算是——嗯——患难夫妇——哦？好了哦——我们一起走—— 一定要逃了——

这时，韶华的手，已经碰上了余老板的肩，听见他讲这些话，那只手，慢慢顺着余老板的手臂摸了下来。这时，余老板受到很深的震动，跪了下来。

△**韶华**：（轻轻，慢慢地）我们分开走。他们盯住我。

余老板大受感动，仍然不敢去拉韶华已经盖在他手上的那只手。

△**韶华**：船票在你身上？

△**余老板**：在。

（镜头中，没有看见余老板交船票给韶华）

这些个

千生万生只在

殢人娇

（宋）苏轼

白发苍颜，正是维摩境界。
空方丈、散花何碍。
朱唇箸点，更髻鬟生彩。
这些个，千生万生只在。

好事心肠，著人情态。
闲窗下、敛云凝黛。
明朝端午，待学纫兰为佩。
寻一首好诗，要书裙带。

第六十六场

时：日。

景：兵荒马乱，人潮疯狂涌向码头的大上海。轮船。

人：韶华、能才、余老板、逃难的人群、男女老少。千人以上。

镜头中，韶华被能才半拖着走。

△能才：(神色紧张，牢牢挟住韶华）要挤进去了，跟住我，拉好。

△韶华：能才。(已快哽咽)

△能才：这一走，不知什么时候回来，舍不舍得？（面湿）

韶华抱住能才，拼命摇头。能才以为韶华的不舍，只是为了中国。

(韶华又推开了能才，直直地看住他，要将他看成永恒)

△韶华：跟你照相，这里。(轻点太阳穴，哽笑)

能才拥住了韶华往人潮汹涌的码头挤去，没有反应过来韶华这句话。他很紧张。要挤进去上船了。走走走，挤入了混杂的人群。韶华，一个皮包，没有行李。能才，一个小公事包，没有行李。人群，有行李，有各色各样的行李。有人抱着婴儿，有老太太拉住儿子和老先生；有妇女、男人、小孩（挤哭了）一家，牢牢地抱成一团在挤。有人、人、人、人、人，成千的人——挤呀，挤呀，挤呀——

挤上那条逃向未知的轮船。人群中，只有一种表情——惶恐、焦急、赶、怕——余老板在另一堆人中挤，急迫张望。

他们不是达官贵人，他们只是意识到，在过去的生涯中，背负着党派的烙印，而又不明白中共接掌政权之后，自己命运如何的一批又一批、被时代追赶的普通人。

韶华的表情，痛不欲生，但那是受伤后没数日肉体的痛——被挤成快要成肉饼了的真痛，加上另一种内心快要撑不下去的灵魂之痛不欲生。

能才在人群中打冲锋，用手肘挡人、推人、拨开人，保护韶华，拖她，尽可能将她放在他身前，有时，韶华冲散了，能才一拖她回来，一路拼命挤。这时，身边全是叫喊——

（以上是镜头下一片快速带过的当时人潮交代，这中间挤着能才与韶华。现实拍摄时请再设计，目前只有剧情而无外景的叙述，配乐史撷咏，请求大气磅礴地加入，杀出大时代的气势来）

△**众人声**：海龙，跟住爸爸，妈妈煮的鸡蛋拿好，船上吃——（哭）听爸的话——妈妈等你们快回来——先生、太太，我没有船票——看，我的儿子——白白胖胖的小婴儿，送给你们——求求先生太太——做做好事——孩子爸爸已经走了——你们看看呀——白胖儿子——男的——一个手指头都不少——做做好事呀——多子多福——我的孩子送给你们——（求——哀求——）——让路——我们是有船票的——让路——小孩子（哭）要挤死了——拉好（狂叫）——小妹——拉紧爸爸——汉生——你在哪里——汉生——（哭叫）——让路呀——不要挤呀——（人潮前后挤成了波浪——有人跌倒了被踩在地上又有人跌上去）——不能挤啦——踩死人啦——百青——我等你（女声）——我等你一辈子——快去快回

（哭）——我等你——（哭）——妹妹——要勇敢——哥哥不能照顾你了——阿三——妈妈缝在你裤腰里的东西——看——牢——睡觉也不要放松——妈妈——我不得已——我不孝——快挤——（一片哭叫那——生离——死别——人群中有人拉住另一个人——那人打他耳光）——没志气——三五个月就回来了——你哭——什么——（讲、打的人，自己也在哭——模糊中交错叫出来）（中国是个情绪民族，此时不必收敛）

韶华跟能才挤到了船边，人更疯狂了，船上的管事的人，早已拉成人接人的“手链”——没有船票想硬冲上去的人，被踢了下来——“人手做成的手链”狂叫——

△船上人：把船票举起来，有船票的人，拿好了，举起来——那里——拉那个——你没有。（一脚踢过去，人被踢了都倒不下去，人太挤了）——快拉——上来！——举起来——船票举起来——快——要开船了。（人群中，有票的，都举了起来）

韶华在能才怀中挤，她紧紧地握住了一张大红色的船票，交给了能才，脸色如同一个——鬼般。人群中有好些人手上举着船票。

△韶华：能才，拿好你的这一张，我们各人拿好各人的。拿好——（韶华脸色如死亡，当她讲到“拿好”这个字时，等于交出了性命）

能才接过了船票，高高举起，护住韶华，快挤到船边了——**韶华手中没有船票。能才没有注意。**船上人由高处望，紧张地叫——

△船上人：那里——有票——拉上来，拉——快——

三五只手一把将能才尽力拉了过去，这时，镜头之下，余老板又急又挤又拼命搜索韶华，他也举起了一张船票——人——拉了余老板上船——又踢了乱冲上来的人——

韶华此时由能才的手臂下，用力一推、一钻，用尽了她的气力，往相反的方向，挤回那些拼命要向——船上挤去的人。能才看不见了韶华，而他已被人拖上了船，能才急得狂叫起来——韶华——那一声悠长的叫喊，被人声所溺没——但是——余老板——已然在船上人堆里了——他听见了——看见了——能才——而他又看见了，韶华在船下的人群中向外挤——汽笛——呜——叫了第一声——甲板——慢慢收起——此时，船上船下一片哭喊——**余老板——拼了他的命——推开人群，在甲板要收起来的时候——向岸上不要命了地跳了下去**——手上那张船票——往那要送掉孩子的女人手中一塞——人——举起了婴儿——呀——向船上丢去——女人——母亲——在汽笛鸣叫第二声的时候——被人拖上了船——

韶华，挤在人群中，看着那起航的船，看着——看着——把双手拳握在眼睛下——那第三声汽笛——叫成了她巨大的呐喊——韶华——她咬住自己的拳头——咬住——啃住——韶华的心、肝、肺——肠——碎成一块一块—— 一片一片——

船，一点一点离开了岸。

韶华，看见能才在船上要跳船，太迟了。能才伸手向她，他在叫——但已听不见声音，那个口形——韶——华——

这时，余老板挤向了韶华。韶华，力竭了，死了似的，看着余老板——四周一片哭声。

△**韶华**：余——先——生，我害了你。（改口了，称余老板——余先生）（死人一般地讲）

△**余老板**：没有关系，没有关系。不要紧，我没有关系。不要怕，我不怕死——不要哭——沈小姐——不哭——不哭——（伸手想拥抱那孤苦无依的沈韶华）（但不敢，他双手包围住韶华——不碰

到她的——一个空虚又尊敬又疼惜的空的拥抱）沈小姐——日本人的日子，我们都过下来了，自己人的政府，难道活不下来吗——不哭——不哭——好了——好了——我在——我在——我在——我在我在我在我在……

第六十七场

时：日。四十年后。

景：现今的中国。

人：已经老迈了的章能才。中国共产党户口调查处。

能才下了“中国民航”，回到了他那朝思暮想的城市——上海。

能才已经没有可以探问韶华消息的对象。他去了管理户口的中共单位，想由户口档案中找出韶华的下落。

有人，客气地为能才寻找资料。有人，翻出了一张薄薄的文件，交在能才的手中，等能才看过了，又当心地收了回去——归档。

踏尽红尘
何处是吾乡

定风波

（宋）苏轼

常羡人间琢玉郎，
天应乞与点酥娘。
尽道清歌传皓齿，
风起，雪飞炎海变清凉。

万里归来颜愈少，
微笑，笑时犹带岭梅香。
试问岭南应不好？
却道，此心安处是吾乡。

第六十八场

时：四十年后。

景：现今中国。

人：能才、公安部人、春望、玉兰、小女婴。

△中共解放军：（*和气、有礼、平板、客气的口吻*）章先生，你要找的人——沈韶华，很遗憾——已经不在了。她在地方上倒是小有名气，倒不是为了她的书，而是当年沈小姐跳海自杀。结果怎么样呢？她被第一个进城的解放军救了起来。沈小姐眼睛一张开，看见解放军帽徽上的五角星，就说："幸亏我没有死，要不然就看不到这新中国了。"

解放军交给能才一本书，又说——

△解放军：这本书是沈小姐解放以后出的，现在不好买了。如果章先生想要，可以送给你。（*很亲切地*）

能才接过了一本封面上写着《白玉兰》的小说，翻到最后一页的同时，韶华的O.S.出现了。慢慢地，平静地在叙述。（*韶华声音出来了*）

O.S.：**"玉兰知道春望战死了，就去跳了河，却被邻村一个小伙子给救了起来。玉兰心里怨了这救命恩人一辈子，却也就跟住了他。"**

(镜头下，能才看见韶华书中的人物出现在眼前)

这一天，夫妻两个抱着孩子去报户口，人家问说，这孩子叫什么名字，玉兰说："生下娃娃的那一夜，月亮白白的，照着孩子，好像月娘娘送来的凤凰一样，就叫她月凤好了。"

一时里，能才热泪盈眶。(音乐，请音乐配合)

老迈了的能才，一步步走向那四十多年前与韶华、月凤一同去郊游的街道，镜头开始拉开，拉高，再高，宽，阔，大，再拉——

中国大地在茫茫白雪中出现，衬着孤单单的能才踽踽独行，没有了方向——

(字幕再度出现)

剧中留在中国大陆的余老板、谷音、老古、小妻子、王司机、小健、小健妻子、谷音小孩……一个—— 一个——

——死在不同的动荡和命运中。

沈韶华——死于"文化大革命"。

当时中国人口——四亿五千万。

目前中国人口——超过十一亿。

剧终。

图书在版编目（CIP）数据

滚滚红尘 / 三毛著 .-- 北京：北京十月文艺出版社，2017.3
（三毛全集）
ISBN 978-7-5302-1482-4
Ⅰ．①滚… Ⅱ．①三… Ⅲ．①电影文学剧本 – 中国 – 当代 Ⅳ．① I235.1

中国版本图书馆 CIP 数据核字（2015）第 056504 号

著作权合同登记号　图字：01–2016–8985

滚滚红尘
GUNGUN HONGCHEN
三毛 著

出　　版　北京出版集团公司
　　　　　北京十月文艺出版社
地　　址　北京北三环中路 6 号
邮　　编　100120
网　　址　www.bph.com.cn
发　　行　新经典发行有限公司
　　　　　电话 (010)68423599
经　　销　新华书店
印　　刷　北京中科印刷有限公司
版　　次　2017 年 3 月第 1 版
　　　　　2021 年 1 月第 13 次印刷
开　　本　890 毫米 ×1270 毫米　1/32
印　　张　6.5
字　　数　146 千字
书　　号　ISBN 978-7-5302-1482-4
定　　价　32.00 元
质量监督电话　010–58572393
如有印装质量问题，由本社负责调换